JN286007
きみにしか聞こえない
CALLING YOU
A desert road from Vegas to
Someplace better than whe
A coffee machine that ne
A little cafe just aroun
Ah...I am calling you
I am calling you

その傷を、
どこかへ追い出さなくちゃいけない
誰かになすりつけないといけないんだ!
オレらはもう、
これ以上損をしちゃいけないんだよ——

傷 —KIZ/KIDS—

華歌
もしも、この歌が……
とある植物のつぼみから生じたものだったなら
二人は驚くだろうか?
Illustration©Miyako HASUMI

きみにしか聞こえない

—CALLING YOU—

乙　一

角川文庫　11991

CONTENTS

イラスト　羽住 都
デザイン　小倉敏夫

Calling You

1

わたしはおそらくこの高校で唯一《ゆいいつ》の、携帯《けいたい》電話を持っていない女子高生だ。その上、カラオケにも行かないし、プリクラを撮《と》ったこともない。今時こんな人間は珍《めずら》しいと、自分でも思う。

校則では禁止されているけれど、携帯電話なんてだれでも持っている。正直なところ、教室でクラスメイトがちらつかせるたびに、平静でいられなくなる。教室に着信のメロディーが流れるたびに、取り残された気分になる。みんながあの小さな通信機器に話しかけているのを見ると、あらためてわたしには友人がいないのだと気付く。

教室のみんなは携帯電話を通じて網《あみ》の目のようにつながっているけど、そこにわたしは含《ふく》まれていない。みんなが手をつないで楽しそうに笑っているのに、自分だけ輪の外で小石でも蹴《け》っている気分だ。

わたしだって、本当はみんなのように携帯電話を持ちたい。でも、話をしてくれる人がいない。持たないようにしているのはそのためだ。わたしに電話をかけてくれる人なんて、どこにもいないから。ついでに言えば、いっしょにカラオケへ行ってくれる人も、いっしょにプリクラを撮ってくれる人もいないのだ。

わたしは話をするのが下手《へた》で、だれかに話しかけられると、つい身構えてしまう。心の中を見透《みす》かされまいと、よそよそしい返事をしてしまう。相手の話にどうリアクションを返せばいいのかわからず、曖昧《あいまい》に笑って失望させてしまう。そして、それらの失敗を繰《く》り返すのが怖《こわ》くて、だれかと話をすることから遠ざかってしまう。

なぜそうなってしまったのか理由を考えてみた。結局それは、わたしが人の話を真にうけすぎることに原因があるのではないかと思う。明らかに冗談《じょうだん》を言われた、という場合は大丈夫《だいじょうぶ》だったが、相手の言葉が本心ではなく社交辞令だった場合、咄嗟《とっさ》に反応できないことがあった。だれかと話をしていて、真面目《まじめ》に返事をする。まわりから失笑がもれ、ようやく相手は冗談で話をしていたのだという事実を知る。

小学生の時、髪を短くしたわたしに向かって、ある女の子が言った。

「その髪形《かみがた》、いいね」

嬉《うれ》しくて、とても幸福《しあわせ》な気持ちになった。それから二年間、同じ髪形を選んだ。

しかし彼女の言葉が空虚《くうきょ》なお世辞にすぎなかったのだと気付いたのは、中学生になってからのことだ。学校の廊下《ろうか》を歩いていると、数人の友達を引き連れた彼女にすれちがった。一瞬《いっしゅん》、わたしの顔を見て、彼女は友達に耳打ちした。

「あの子、少し前からあの髪形なんだけど、似合ってないよね」

聞きたくなかったのに、聞こえてしまった。舞《ま》い上がっていた自分がばかみたいだ。そういった経験が数多く積み重なり、わたしはだれかと話をする時、ひどく緊張《きんちょう》するようになった。

春にこの高校へ入学してからというもの、だれとも親しくなることができないでいた。結局、教室の中で特異な存在となってしまい、だれもが腫《は》れ物を触《さわ》るようにわたしを取り扱《あつか》った。教室の中にいながら、自分だけ外にいる感じ。

一番つらいのは休憩《きゅうけい》時間だ。なかがいい者どうしが集まってコロニーを形成するのだが、当然わたしは一人で椅子《いす》に座り続けているしかない。教室が楽しげに騒《さわ》がしくなればなるほど、わたしのまわりの空間だけ切り離《はな》され、孤独《こどく》感が増大する。

携帯《けいたい》電話を持っていない事実は、そのまま友達がいないことを表しているようで、ずっと気にしていた。人と上手《うま》く喋《しゃべ》れないことが不健全であるように感じていたし、友人を作れない自分はできそこないのように思えていた。

教室では常に、だれにも話しかけられないことなんて気にしていない、というふうに平気な顔を装《よそお》った。そうしているうちに、本当に平気になれていたら、どんなに良かったことか。

携帯電話にプリクラを貼《は》っている女子が、かわいいストラップを揺《ゆ》らしていたりすると、たまらない気持ちになる。きっと彼女には、たくさんの友達がいて、メモリーいっぱいの電話番号が記憶《きおく》されているのだろうな。そう考えると、自分もそうなれたらいいのにと、いつもうらやましくて、涙《なみだ》が出そうになった。

昼休みになると、よく図書館を訪《おとず》れた。教室には居場所がなかったし、学校内でわたしを受け入れてくれる場所はそこだけだった。

館内は静かで、空調の設備が整っている。今は冬、壁際《かべぎわ》にあるヒーターから、暖かい空気が出ている。寒がりで、すぐに風邪《かぜ》をひくわたしにとってはありがたい。

できるだけ人が近寄らず、ヒーターの近くにある机を選んで座る。午後の授業がはじまるまでの数十分間を、もう何度も読んだお気に入りの短編小説を読み返すか、居眠《いねむ》りするかしてつぶさなくてはいけなかった。

その日、突《つ》っ伏《ぷ》して目を閉じると、携帯《けいたい》電話のことを考えた。

もし、自分にそれを持つ権利があるとしたら、どんなのがいいだろう。最近よく、そのことを考える。想像するだけならだれにも迷惑《めいわく》をかけない。失敗をすることもないし、思い通りにできる。

色は白がいい。触《さわ》った感じは、つるつるがいい。

いつしか自分だけの携帯電話を想像するのが楽しくなって、口許《くちもと》がほころんでしまう。わたしにはこの、想像をするという行為《こうい》が重要だった。

一日の授業が終わると、クラスの中で一番早く学校から立ち去るのは、いつもわたしだった。歩くのが速いというわけではない。部活には入っていないし、いっしょに遊ぶ友人もいない。授業が終わるともう学校に用がない。わたしは一人、ポケットに両手を突っ込んだまま、目をふせておうちへ帰る。

途中《とちゅう》、電器屋に立ち寄ると、携帯電話のチラシを数枚、手に入れた。バスに揺《ゆ》られながらぼんやりそれを眺《なが》める。最新機種の説明を読み、「へー、便利な機能が色々ついているんだな」というようなことを延々と考えていると、いつの間にか降りなくてはいけないバス停に到着《とうちゃく》している。

両親が帰ってくるのはいつも遅《おそ》い時間だったし、わたしは一人っ子なので、玄関《げんかん》を開けても家にはだれもいない。

自室へ行き、机の上にチラシを置く。両手に顎《あご》を載《の》せてそれを眺めながら、図書館でそうしたように、頭の中に自分だけの携帯電話をイメージしてみる。

できるだけリアルに、まるですぐそこにあると思えるほど強く思い描《えが》く。本物がそうであるように、想像の中の小さな通信機器にも、液晶《えきしょう》の画面に時計がついている。そこはグリーンのランプで光るから、きっと暗いところでも大丈夫《だいじょうぶ》だ。着信のメロディーには、好きな映画の音楽が流れるようにしよう。『バグダッド・カフェ』という映画に使われていた、綺麗《きれい》な曲がいい。美しい和音で、わたしを呼んでくれる。

母がパートから帰ってくる音で、ようやく現実の世界に引き戻《もど》された。知らないうちに二時間がすぎていた。

授業中も、食事中も、わたしは頭の中に理想の携帯電話を想像して遊んだ。白い色の、美しい流線形のボディーは、まるで陶器《とうき》のようになめらかだ。持ってみると意外に軽く、手にすんなりとなじむ。といっても、頭の中の電話を、実際の手で持つことはできない。イメージの中で手にしてみるとそうだった、という想像の中の話だ。

やがて、目を閉じている時も、開けている時も、頭の中にその携帯《けいたい》電話があるのを感じるようになった。何か他の物を見ていても、視覚とは別の場所で、その白い小さな物体が見えていた。いつしかそれはまわりにあるすべてより、はっきりと、濃《こ》い輪郭《りんかく》で存在するようになっていた。

ほとんどの時間を一人で過ごしていたから、他人《ひと》に邪魔《じゃま》されずに頭の中でそれを眺《なが》めて楽しむことができた。他のだれのでもない、自分だけの携帯電話だと考えるとうれしくなった。想像で、そのつるつるした表面を何度もなでた。充電《じゅうでん》する必要もなく、液晶《えきしょう》の文字盤《もじばん》が何かで汚《よご》れることもなかった。時計の機能もちゃんと作動していた。

それが存在しないものだとは思えないほど、リアルに脳細胞《のうさいぼう》へ刻みこまれていた。

一月のある朝。

空気は冷たく、窓から見える景色《けしき》は閑散《かんさん》としたものだった。天候は曇《くも》り。薄暗《うすぐら》い一日がはじまる。目覚時計に起こされたわたしは、寝《ね》ぼけた頭のまま身支度《みじたく》を整えていた。部屋《へや》の中だというのに息が白い。わたしは震《ふる》えながら、「携帯電話はどこへやったかな」とベッド脇《わき》に散らばっている本をひっくり返した。もう階下では朝食ができている時間なのに、携帯電話がどうしても見つからなくて困っていた。ついさきほど布団《ふとん》の中で見ていた夢が、気怠《けだる》い霞《かすみ》となって頭に充満《じゅうまん》していた。

だれかが階段をあがってくる足音。母だと直感する。

「リョウ、もう朝よ、起きてる？」

「うん……、ちょっと待って、携帯電話が見つからなくて、探しているの……」

ノックをする母に、そう返事をする。

「あなたいつの間に携帯電話なんか持つようになったの？」

母のいぶかしげな声が、寝ぼけていたわたしの意識をぴしゃりとたたいた。そうだった。いったい自分は何をしていたのだろう。わたしの持っている携帯電話は、実際には存在しないはずではないか。ベッドのまわりを探すなんて、どうかしている。頭の中で自分勝手に作り上げたものだという事実を、すっかり忘れていた。

また、同日の夜。

「リョウ、あなた今日、腕時計《うでどけい》を忘れて学校に行ったでしょう。バスを待つ時、不便じゃなかった？」

母がパートから帰ってくるなり、すでに帰宅していたわたしに言った。

「腕時計、わたし、忘れてたの？」

一日中、そのことに気付かなかった。不思議と、時間がわからなくて困ったことはなかった。

どうしてだろう？　そう疑問に感じ、次の瞬間《しゅんかん》、わたしは気付く。腕時計《うでどけい》のかわりに、頭の中にある携帯《けいたい》電話を見ていたのだ。無意識のうちに、その液晶《えきしょう》の時計で時間を確認していた。

しかし、想像で作り上げたものが正しい時刻を指し示すものだろうか？

頭の携帯電話の液晶時計を確認する。八時十二分。

壁《かべ》にかかった実在する時計を見る。ちょうど長針が動くと、八時十二分を指した。

奇妙《きみょう》な胸騒《むなさわ》ぎを感じた。頭の中、空想の携帯電話のなめらかな表面を、同じく空想の爪《つめ》で小さくはじいてみた。カツンという軽い小さな音が、頭蓋《ずがい》の中で響《ひび》いた。

下校途中《とちゅう》、バスの中でだれかの携帯電話が鳴りだした。目覚時計のような音。わたしの前に座っていた男の子が慌《あわ》てて鞄《かばん》を探り、車内に響いていた電子音を消す。電話を耳にあて、そのまま会話をはじめた。

暖房《だんぼう》のせいで窓は曇《くも》り、外の風景は見えない。わたしはとりとめのない空想をしながら、ぼんやり車内を見回した。乗客は他に、通路をはさんで買《か》い物袋《ものぶくろ》を抱《かか》えたおばさんがいるだけだった。携帯電話で話をする男の子に、彼女はそれとなく迷惑《めいわく》そうな顔をむけた。

複雑な気持ちだった。乗り物や店内で携帯電話を使用するのは人の迷惑になるかもしれないが、一方でそういった状況《じょうきょう》に対してあこがれにも似た気持ちを抱《いだ》いていた。

男の子が電話を切ると、運転手がスピーカーを通して言った。

「他のお客様のご迷惑になりますので、車内での電話は控《ひか》えるようにお願いします」

ただそれだけの、何でもない出来事だった。それから十分ほど静かにバスは走り続けた。暖かい空気が気持ちよく、わたしは半分、眠《ねむ》りかけていた。

再度、電子音が鳴りだした。最初のうち、また前に座っている男の子の電話だと思った。わたしは無視して目を閉じていた。やがて様子がおかしいことに気付き、睡魔《すいま》がふきとんだ。

鳴っている電子音が、さきほどのものとは異なっていた。今度のは和音のメロディー。聞き覚えのある映画音楽。偶然《ぐうぜん》にもほどがある。わたしの想像していた電話の着信メロディーとまったく同じものだった。

だれの電話だろう？

車内を見回して、電話の持ち主を探した。運転手、男の子、おばさん。バスの中には、わたし以外にその三人しかいなかった。しかし、だれも身動きせず、響き続ける着信メロディーに気付いた様子もない。

聞こえていないはずがない。不思議に思うと同時に、不安な気持ちになった。その時はすでに、予感していた。膝《ひざ》の上の鞄を、いつのまにかぎゅっと握《にぎ》り締《し》めていた。鞄の取っ手につけたお気に入りのキーホルダーが、カタカタ小さな音をたてた。

おそるおそる、視覚以外の機能で自分の頭の中を覗《のぞ》く。予感は的中していた。想像で作り上げた白い電話が、何かの電波を受信して、着信を知らせるメロディーをわたしの頭の中にだけ流していた。

2

恐怖《きょうふ》に近いものを感じた。こんなことはありえない。何かの間違《まちが》いだ。

世界中のすべてがわたしを見捨てても、頭の中にあるこの通信機器だけは自分のそばから離《はな》れない。そう思っていたのに、電話がわたしの手を離れて勝手に歩きだしたような気分だった。

しかし、いつまでも電話を取らないでいるわけにはいかない。怖《こわ》いからといって、この電話をどこかへ捨ててしまうことはできないのだ。頭の中の電話はわたしにとって、すでに何よりもリアルな存在になっていた。

おそるおそる、イメージの世界にあるわたしの手が、本来は実在しない携帯《けいたい》電話を手に取り、さきほどから続いていた音楽を止めた。ほんの一瞬《いっしゅん》、躊躇《ちゅうちょ》した後、頭の中で白い電話に問い掛《か》けた。

「あの……、もしもし……?」

「あ! ええと……」若い男性の声。嘘《うそ》の携帯電話の向こう側から聞こえてくる。「本当につながった……」

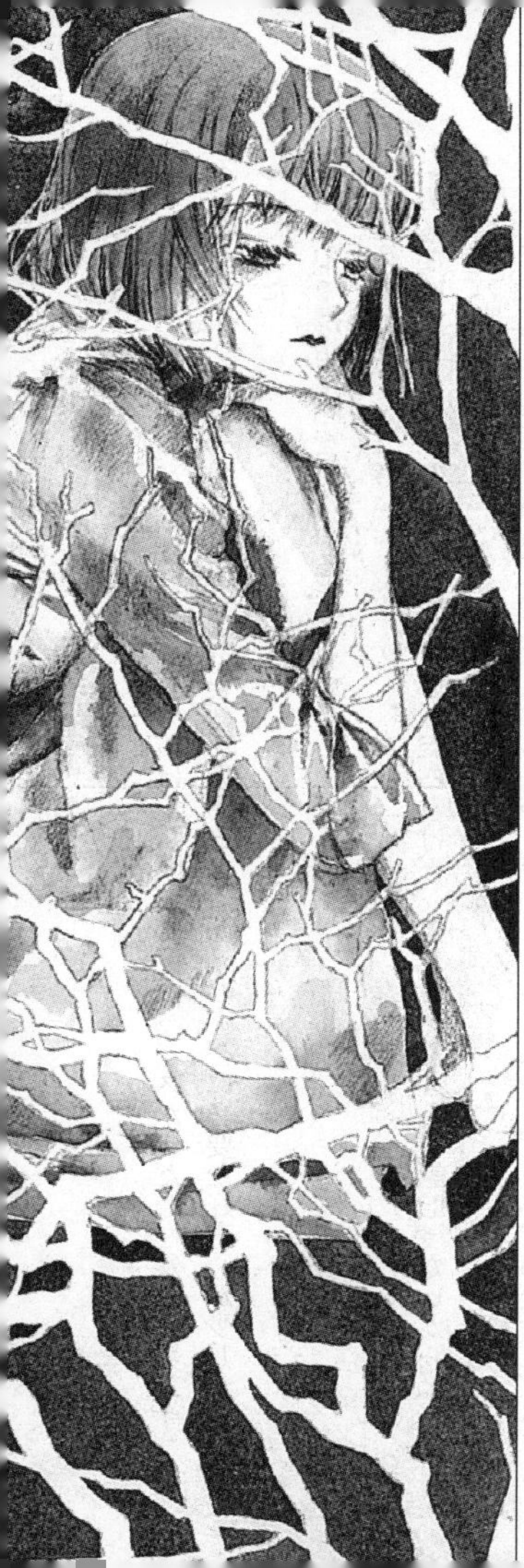

彼は感嘆《かんたん》するようにつぶやいたが、わたしはそれどころではなかった。あまりのことに気が動転し、おもわず電話を切ってしまった。だれかのいたずらじゃないかと思い、バスの中を見回した。声の主らしい男の人は近くに見当たらない。乗客たちは、わたしの頭の中におかしな電話がかかってきたことにも気付かず、ただバスに揺《ゆ》られているだけだった。

どうやら本格的に、頭がどうかしてしまったのに違いない。

目的のバス停に到着《とうちゃく》した。運転手に定期を見せて、暖かい車内から凍《こご》えるような寒さの中へ飛び出そうとした瞬間《しゅんかん》、またあの音楽が頭の中で流れ出した。不意をつかれ、バスのステップで転びそうになる。

すぐには電話を取らなかった。心を落ち着ける時間が必要だ。バスがわたしを残して発車する。肺まで凍《こお》りつきそうな冷たい空気を深呼吸すると、電話の応答に必要な好奇心《こうきしん》が少しだけわいてきた。

頭の中で携帯《けいたい》電話を手に取る。

「もしもし……」

「切らないで！　突然《とつぜん》のことに驚《おどろ》いているだろうけど、これ、いたずら電話じゃないからね」

と、さきほどの声。

いたずら電話という言葉が、不覚にも、ちょっとおもしろいと思った。何か言わなければいけないと思い、わたしはおずおずと頭の電話に語りかける。特異な状況《じょうきょう》に置かれたせいか、いつも他人と対峙《たいじ》している時に味わう苦しい緊張感《きんちょうかん》はなかった。

「あのう……、何と言ったらいいのか、わかりません。今、わたしは頭の中にある電話に向かって話しかけているのですが……」

「ぼくも同じだよ。頭の中の電話に話しかけている」

「よく、わたしの電話番号がわかりましたね。電話帳に載《の》せた覚えはないのですが」

「適当に数字を押《お》したんだ。十回ほど挑戦《ちょうせん》したけど、どこにもつながらなくて、これであきらめて最後にしようと思っていると、きみのところにつながった」

「一回目の時、つい切ってしまってごめんなさい」

「いいよ、当然、リダイヤル機能がついてるから」

バス停から家まで、三百メートルほどの距離《きょり》だった。人気はなく、空は灰色の雲に覆《おお》われて薄暗《うすぐら》い。立ち並ぶ民家の窓に明かりはなく、人がいるようには見えない。枯《か》れかけた木々が細長い枝を風にゆらし、まるで手の骨が手招きしているようにも見えた。

マフラーに顔の下半分をうずめ、ゆっくり歩きながら、頭の奥《おく》から聞こえる声に注意を向けていた。

彼は野崎《のざき》シンヤと名乗った。わたしと同じように、毎日、頭の中で携帯電話のことを考えていたそうだ。想像で作り上げたはずの電話が、あまりに存在感があるのに気付き、好奇心から電話をかけてみたのだと彼は説明した。

「信じられない……」

実際に声をだしてつぶやいた。自分以外にも、携帯電話を思い描《えが》いて楽しむ変な人間がいたなんて。

我が家の前に到着《とうちゃく》すると、玄関《げんかん》の鍵《かぎ》をポケットから取り出す。

「ごめんなさい、何だか色々なことがあって、ゆっくり考えたいの。電話を切っていいですか?」

「うん、ぼくもそう思っていた」

正直に言うと、久々にだれかと会話したことがわたしに充実感《じゅうじつかん》をもたらした。しかしそれ以上に、混乱させられてもいた。

頭の電話を切って帰宅する。だれもいない家は静まり返り、暗闇《くらやみ》がぽっかり大口を開けているようにも見えた。いつもなら気にならないはずなのに、なぜか一人しかいない家がうつろで恐《おそ》ろしいものに思えた。急に寂《さび》しさが込み上げてきて、急いで居間や台所の電気をつけた。

コーヒーをいれて、コタツに入る。テレビをつけるが、見てはいなかった。

しばらくシンヤという人物について考えていると、彼は実在の人物ではないのではと思えはじめてきた。携帯《けいたい》電話と同様に、わたしが頭の中に作り出してしまった虚構《きょこう》の人物なのではないか。きっと、心の底で話し相手を欲しがっていたわたしが、無意識のうちにもう一つの人格を形成してしまったのだ。

だれかの頭とつながってしまったと考えるよりも、その結論の方が現実的であるように思えた。きっと自分は病気なのだ。もう一つ人格を作ってしまうほど壊《こわ》れかけているのだ。そしてまた、自分がこうなるまで強く他人の存在に飢《う》えていることをあらためて知った。教室では平気そうな顔を装《よそお》っていても、やはり心のどこかで、一人ぼっちは嫌《いや》だと激しく泣き叫《さけ》んでいたのだ。そばにだれもいないことが辛《つら》くて、わたしは今、頭の中に作った自分だけの世界に閉じこもろうとしている。

怖《こわ》かった。不安だった。想像の携帯電話、これはいったい、何なのだろう。いつのまにか自分でもわからなくなっていた。これの正体を確かめなければいけないと思い、今度はこちらから電話することを考えた。

しかし、シンヤの電話番号がわからない。しまった。ヤツは番号を非通知に設定している。彼と話をするには、向こうから電話をかけてきてくれるのを待つしかないようだ。

彼に電話することをあきらめ、ためしに177へかけてみた。天気予報が聞けるのではないかと考えていた。緊張《きんちょう》しながら頭の中の電話機に耳をすませていると、やわらかい女性の声が聞こえてきた。

「この回線は、現在つかわれておりません……」

次に時報をためしてみた。結果は同じだった。警察、消防署、実在の世界にある様々な電話番号を頭の中で押《お》してみたが、どこにもつながらなかった。適当な数字を、好きな数だけ押してみる。そのたびに、回線がつかわれていないことを示すメッセージ。はたして、この声の女性はだれなのだろう？

十五回ほどメッセージを聞かされた後、次の番号がだめだったらあきらめようという気持ちで、適当に数字を選んだ。期待をせずに頭の内側へ聴覚《ちょうかく》を集中していると、それまでと違《ちが》い、メッセージではなく呼び出し音が聞こえてきた。どこかへつながったらしく、不意をつかれたわたしは、だれも見ていないのについ居住まいを正してしまった。

「もしもし」

やがて女性の声が携帯《けいたい》電話の向こう側から聞こえてきた。わたしは戸惑《とまど》いから、上手《うま》く口がまわらない。電話の女性もまた、わたしの作り上げた人格かもしれないと考えられる。

「あの……、すみません、突然《とつぜん》、お電話してしまって」

「いえ、いいの。どうせ暇《ひま》だから。それより、あなたの名前は？」

わたしは自分の名前を名乗った。

「そう、リョウさん、て言うのね。わたしはユミ。大学生。ねえ、あなたずいぶん困惑《こんわく》しているようだけど、まだ、頭の中にある電話での会話になれていないんじゃない？」

その通りであることと、さきほどシンヤという知らない男の人から電話があったことを説明した。

「まだ、突然のことで戸惑っているのでしょうね。でも、大丈夫《だいじょうぶ》だから」

ユミもまた、頭の中にある携帯電話を使用して話をしていた。年齢《ねんれい》は二十歳《はたち》。一人暮らしをしているらしい。彼女の声はやさしく、落ち着いており、混乱しかけているわたしを安心させるように語りかけてくれた。暖かく包みこまれるような気持ちにさせられる。

「わたしもそうだったからわかるけど、あなた今、そのシンヤ君やわたしが、自分の作り出した人格なのではないかと疑っているのでしょう」

心の中を読まれたかと思った。彼女は、その考えが間違《まちが》いであることを説明し、それを証明する方法を教えてくれた。

「今度、シンヤ君から電話がかかってきた時に、いま教えた方法を実行してみるといいよ。彼が実在の人物だということがわかるから」

「本当に、そんな回りくどいことを試すの？」

「実は、もっとかんたんで楽な方法もあるけど、教えない」

わたしはひそかにため息をつく。

「でも、もうかけてこないかも」

「くるよ、絶対」

彼女は自信ありげに言うと、この見えない電話回線について、いくつかのことを教えてくれた。

例えば、実際に口でしゃべったり、まわりで発生した空気の振動《しんどう》による音は、どんなに大きな音でも頭の電話の向こう側には伝わらない。頭の電話に向かって心の中で話しかけたことだけが、相手に伝わるそうだ。

また、多くの場合、電話の持ち主は自分自身の電話番号を知らない。電話帳や番号案内は存在せず、知らない相手に電話をかけるには、偶然《ぐうぜん》に頼《たよ》るしかないそうだ。わたしも、自分の電話番号を知らない。

「電話はいつも番号が非通知に設定されているの。設定画面をいじっても、変えられる機能はないみたい」

ユミの説明を聞きながら、さきほどの彼が番号を非通知にしていたのを思い出す。

シンヤが実在するとして、彼は何番を押《お》してわたしの携帯《けいたい》電話にかけてきたのだろうか。

さらに、もう一つ重要なことをユミは教えてくれた。

「いい？　よく聞いて。電話の向こうと、こちら側とでは、時間がずれている場合があるの。そちらは今、何年、何月、何日なの？」

彼女の問いに答えると、わたしたちの間には数日間のずれが存在することを知る。説明によると、現在わたしのいる時間よりも、数日ほど未来の世界でユミは話をしているらしい。

「電話をかけ直すたびに、時間を確認しないといけないのでしょうか？」

「ずれは一定のまま変化しないから、そうする必要はないよ。たとえ電話が切られていても、こちらが五分間たったら、同じように電話の向こう側でも五分間が経過しているの」

この時間のずれがなぜ起こるのか、彼女にもわからないそうだ。番号の中に、時間と関係した因子が含《ふく》まれているのかもしれない。それとも電話をする人間による個人差なのかもしれない。

「そろそろ、シンヤ君からまた電話がかかってくるかもしれない。ひとまず電話を切ろうね。ねえ、気兼《きが》ねはいらないから、また電話してね。リダイヤルを押せばいいから。あなたとまた、話がしたいの」

ユミとの電話を終了《しゅうりょう》した。わたしとまた話がしたい、そう言われたことがうれしかった。突《とっ》然《ぜん》の電話にも落ち着いてこたえてくれた彼女は、なんて大人《おとな》なのだろう。わたしとはかけ離《はな》れている。

シンヤから電話がかかってきたのは、それから二時間後だった。今度はいくらか落ち着いて対応することができた。

「あれから少し考えてみたんだけれど、きみは、ぼくの作り出した空想の人格なのかもしれない」

彼はそうきりだした。さきほどのユミといい、この人といい、だれもが同じことを考えてしまうのだろうか。新しいコーヒーをいれながら、ユミから聞いた頭の電話に関する情報を説明する。もしも今、両親がそばでわたしを見ていても、だれかと会話しているようには見えないだろう。わたしはただスプーンでカップの中をかき混ぜているだけで、口はまったく動かしていないのだから。

「今、ぼくの時計は七時を指している」

「わたしの方は、八時」

わたしとシンヤの間にも、時間のずれがあった。ユミとのずれほど大きくはない。同じ年、同じ日を生きていたが、電話の向こうの彼は、わたしのいる時間からちょうど六十分前の人間だった。

「それじゃあ、ぼくたちがそれぞれ実在しているのだということを確かめるために、その女の人が言った方法を試してみようじゃないか」

十分後、わたしは自転車をコンビニエンスストアの脇《わき》に止めた。すでに辺りは暗かったが、店内は白い蛍光灯《けいこうとう》の光に照らされていた。頭の電話はつながったままだった。

その二分後、シンヤから、同じくコンビニに着いたという知らせが入った。つまり、わたしの到着《とうちゃく》した時刻から五十八分ほど前に、彼はどこかの店内に入っていたというわけである。

わたしは雑誌売場の前に立った。

「今日は週刊少年サンデーの発売日らしいね。きみのいるコンビニに、サンデーはある？」

「うん」

「きみはサンデー、読んでる?」

読者ではないことを告白した。

「ぼくもそう。つまり、ぼくたちは二人とも、目の前に置かれているサンデーの内容を知らないわけだ」

「今日、発売されたばかりだから、事前に読んでいたということもありえないわけね。じゃあ、わたしから質問するけど、今週のサンデーの一四九ページには何というマンガが掲載《けいさい》されている?」

適当なページ数を言ってみた。その答えを当然わたしは知らない。

「今、調べる」ユミに教えてもらった方法とは、これだった。自分の知っているはずのないことを相手に調べさせ、答えの正否により、実在しているのかどうかが判定できる。「一四九ページに載《の》っているのは……、『メモリーオフ』っていうマンガだ。あだち充《みつる》先生の読み切りマンガだよ。しかも後編」

シンヤが答えを出した。もしもこれが正解なら、電話の向こうはわたしの作り出した内側の世界ではなく、体の外側に広がる実在の世界なのだ。

目の前にあるサンデーを一冊、手に取り、ページをめくる。そしてわたしは、シンヤという少年が、この世のどこかに実在していることを知った。

今度は彼が質問する番だ。わたしはそれに答え、自分が存在していることを彼に証明しなくてはいけない。

「三五五ページの三コマ目には何が書いてある?」

わたしは彼の指定したページを探し出した。

「変な格好をした人の絵が描《えが》かれていて、変な台詞《せりふ》が書かれているわ」

それはひどい台詞で、口にするのがはばかられた。

「なんだよ、ちゃんと答えてよ。あ、でも待って。今、ページをめくってみる」シンヤの声。その直後に、高揚《こうよう》した彼の声が届く。「本当だ、きみの言った通りだ! きみは実在するんだ!」

心の中で笑ってしまった。顔には出ないようにうまく隠《かく》したけれど、心の声は直接シンヤの方に届いてしまう。自分の笑い声が聞かれてしまったことに気付き、少し気恥《きは》ずかしさを覚えた。頭の電話による会話は、これまでの他人との接触《せっしょく》とは比較《ひかく》にならないほど、感情を隠すのが難しいのかもしれない。

そうしてわたしの方も、自らの存在を証明することができた。それでも、この調べ合いのゲームがおもしろくて、わたしたちは何度も交替《こうたい》して質問した。意味のわからない台詞が飛び出すと、それだけで頭の中は二人分の笑い声で満たされた。

頻繁《ひんぱん》にシンヤから電話がかかってくるようになった。最初のうちは短い会話だったが、やがて一時間、二時間と長さを増した。

いつしか、わたしは彼からの電話を待ち望むようになっていた。学校の休憩《きゅうけい》時間、みんなが楽しそうに騒《さわ》いでいるのを教室で一人ながめている時、ほとんど請《こ》い願うように頭の中であのメロディーが流れ出すのを期待した。電話がかかってくると、まるで久々に外を歩くことを許可された囚人《しゅうじん》の気持ちで頭の携帯《けいたい》電話に飛び付いた。もちろん囚人というのはたとえで、本物の牢屋《ろうや》に囚《とら》われた経験は、幸いにもまだない。

シンヤは十七歳で、わたしよりもひとつ年上だった。飛行機とバスで三時間ほどかかるところに住んでいるそうだ。

「ぼくは内向的な性格なんだ」

彼はそう言ったものだが、信じられなかった。少なくとも頭の電話で交《か》わした言葉からは、そう思えなかった。

「わたしだってそうよ」

「そうかな、そうは思えない。まあ、この勝負はきみの勝ちということでいいよ。でも、この頭の中を通った回線だと、なんだか口が軽くなったみたいになる。本当に大事なこと以外はすぐにしゃべってしまいそうだよ」

彼もまた、わたしと同様に親しく話ができる友達がいないのだそうだ。

「自慢《じまん》じゃないけど、朝、校門をくぐって、夕方、下校するまでの間、一言も言葉を発しなかったということなんて普通《ふつう》だよ。よくあることとさ」

本当に自慢じゃない。

「そんな時、思うんだ。これからもずっと、毎日、こんな日々が続くんだな、って。世界はこんなにも広いというのに、ぼくと並んで道を歩いてくれる人間なんてどこにもいやしないんだ。まるで砂漠《さばく》にでもいるみたいだよ。正直、この恐怖《きょうふ》がきみにわかってもらえるとは思っていないけど……」

学校前のバス停で、一人バスを待ちながら、彼の話を聞いていた。ひどく冷たい風が頬《ほお》につき刺《さ》さり、吐《は》く息は魂《たましい》を凍《こお》らせるように白い。

「よくわかるよ……」

やがてわたしたちの頭は、ほとんど一日中つながっている状態にまでなった。電話代はかからない。頭の中の携帯《けいたい》電話は、常に無料通話サービス期間だった。ユミともしばしば連絡《れんらく》をとり、彼女に尋《たず》ねてみたが、まだ一度も請求書《せいきゅうしょ》が届いたことはないらしい。

わたしとシンヤはお互《たが》いのことを話した。今までに読んだ小説のことや、わたしがニキビで悩《なや》んでいること。使っているハミガキ粉の名前まで教えた。ジブリの映画が好きで、トトロのグッズを集めていることも話した。実を言うとわたしの部屋《へや》には、三十匹《ぴき》以上のトトロが生息しているのだ。

彼自身のことをたくさん聞いた。子供のころの遊び。骨折した思い出。原動機付自転車の免《めん》許証《きょしょう》の顔写真が、ひどい写り具合であること。

「本当に最悪の写真でね、身元の証明にならないよ。ビデオショップの会員になろうとした時、免許証を見せたけど、店員がいぶかしげな顔をしてた」

そして、よく行くごみ捨て場のこと。

「ごみ捨て場と言っても、近所の空き地に電化製品なんかが放置されているだけなんだけどね。ほとんどだれもこないところだから、すごく落ち着くんだ。錆《さび》のういた冷蔵庫の真似《まね》をして、膝《ひざ》をかかえて座っていると、楽しい気分になれる。時々、まだ使えるものまで捨てられていて、このまえ、まだ映るワイドテレビを拾った」

「本当？　ワイドなのね？」

「いや、実際は普通《ふつう》のテレビなんだけど、電源をつけると画面がゆがんで非常にワイドなんだ。やせ過ぎの女優もみんなワイドに映ってしまうという、ワイド機能に優れたテレビなんだ」

「落ち着け。きっとそれは、本当に壊《こわ》れて捨てられていたのだ」

彼が英語のテストを受ける時、わたしは電話越《ご》しに、英和辞典を用意してアドバイスをした。高校二年生の英語は、一年のわたしにとって少々難しい。知らない文法が続出したが、彼の役にはたてたと思う。

このインチキがだれかにばれる恐《おそ》れはなかった。はたから見れば、彼はしんとした教室の中、ひたすら問題と向き合っているだけなのだ。頭の中で、さながら嵐《あらし》のような問答がかわされていたことは、だれにも気付かれなかったはずである。

そしてまた、わたしの苦手な数学のテストを受ける際、シンヤは電話の向こうでいっしょに問題を解いてくれた。

「助け合いというのは、いいものだね」

わたしたちは高得点の答案を受け取りながら、お互《たが》いそう口にした。

シンヤがごみ捨て場で座り込み、ぼーっとしている場面をよく想像した。家にも帰らず、そんなところで、いったい何を考えていたのだろう。

「今度ごみ捨て場で、ラジカセを探しておいてよ。軽くて、小さなやつ。前から欲しいと思っていたんだ」

わたしがそう言うと、彼は笑って「オーケー」と答えた。それから、わたしとの会話がとても楽しいと言ってくれた。

「楽しい？」

「うん」

「……はじめてそんなこと言われた。かなり今、びっくりしてる。だって、わたしには、会話をかみ合わなくさせる欠陥《けっかん》があるものだと信じていたから」

「欠陥？」

わたしは彼に話をした。他人の社交辞令を真に受けてまわりから苦笑される、物事を信じこみやすい愚《おろ》かな女の子の物語である。

「臆病《おくびょう》だと思われるかもしれないけど、もうわたしは、失敗をして人に笑われたくないよ」

怖《こわ》くて、人に話しかけることができない。話しかけられると、緊張《きんちょう》してしまう。

このことを考えるたびに、わたしはこの先ずっと、みんなのようには決してなれないのだという沈《しず》んだ気持ちになる。

「わかるよ」

シンヤの声はやさしかった。

「人に笑われるのはつらいよね。でも、きみのそれは欠陥《けっかん》なんかじゃない。まわりに、本心のない言葉が多すぎるんだ」

「本心のない言葉？」

「きみはいつも真剣《しんけん》に人の言葉と向き合っているのだと思う。人の言葉に対して、ひとつずつ意味のある答えを返そうとする。だから、多すぎる嘘《うそ》に傷ついていく。でも大丈夫《だいじょうぶ》。その証拠《しょうこ》に、ぼくとはちゃんと話しているじゃないか」

彼の言葉があたたかく染《し》み渡《わた》り、それまでわたしを苦しませてきた色々なものが心の中で氷解していくのを感じる。うれしかった。その反面、どうしようもなく涙《なみだ》もろくなっている自分に気付いた。

ユミとも時々、話をした。彼女は大人《おとな》で、どんなことでも相談にのってくれた。大学での生活や、一人暮らしをする上で経験した悲喜こもごもを話してくれた。ニキビによく効く洗顔クリームも教えてくれた。彼女のやさしげな声は、わたしをおおいに安心させた。不思議とその声音は以前から知っていたような気がする。彼女の声は耳慣れた響《ひび》きで、清らかな水が染み込むように、頭の中へ浸透《しんとう》していった。

「ユミさんの声、どこかで聞いたような気がします。ひょっとして、何かテレビに出るような

お人なのですか？」

「めっそうもない！」

彼女はあわててそう否定した。

また、わたしたちは趣味《しゅみ》が抜群《ばつぐん》に一致《いっち》していた。読書好きで、彼女の推薦《すいせん》した本は例外なく楽しめた。

話をするうちに、ユミという人間が持っている懐《ふところ》の深さに気付いた。彼女には嫌《きら》いな人間などいないようだった。多くの人を愛していた。彼女の中に差別という言葉は存在しないようで、その辺の石ころから宇宙ロケットにいたるまで優しげなまなざしを向けていた。だれかの失敗や欠点を話の種にして笑いをとることがなかった。むしろ、自分自身の失敗を披露《ひろう》してわたしから笑顔《えがお》を誘《さそ》い出すようなタイプだった。

わたしは彼女の人間的な大きさを尊敬するとともに、自分の未熟さを、いっそう思い知った。自分もこういう人になりたいと、ひそかに思っていた。

「ユミさんは、だれかを好きになったことがありますか?」

興味本位で、たずねたことがある。

「何年も前にね」と、曖昧《あいまい》な答えをいただいた。

3

シンヤは遠く離《はな》れたところに住んでいる。しかし、彼とはいつも手をつないでいる感覚だった。話し相手。悩《なや》みを打ち明ける相手。寄り掛《か》かり、自分が孤独《こどく》ではないことを確認する。以前なら気にならなかった些細《ささい》なことで気分が浮《う》き沈《しず》みを繰《く》り返した。いつの間にか、わたしは弱くなっていた。

シンヤが飛行機に乗ってやってくる。

「実際に会って、話をしようよ」

いつものように、重要ではないけれど、わたしたちにとっては大切な無駄話《むだばなし》をしているうちに、いつの間にか二人を、そのアイデアが直撃《ちょくげき》していた。頭の携帯《けいたい》電話もいいが、同じテーブルに座ってコーヒーを飲みながら話をすることは、また別の意味を持つように思われた。

頭の中がつながっていても、わたしたちは、実際には長い距離《きょり》に隔《へだ》てられている。高校生にとってそれは容易な距離ではないが、彼が自分の貯金で飛行機のチケットを購入《こうにゅう》するらしい。

わたしはその日、バスで飛行場へ迎《むか》えに行くつもりだった。不思議と事前に写真を郵送したりはしなかったから、そこではじめてお互《たが》いの顔を知ることになる。

その前日、頭の中にある携帯電話ではなく、家に設置されている本物の電話を使って打ち合わせをすることになった。彼と時間のずれがない会話をしたのは、その日がはじめてだった。電話代だけがかかって意味のないことのように思えるが、楽しかった。そして、何となく気恥《きは》ずかしいものだった。

まず頭の携帯電話を通して彼の家の電話番号を聞き出す。その後、我が家の居間に取り付けられている、黒くて平たい本物の電話機で、シンヤの家に電話する。

本物の受話器を握《にぎ》り締《し》め、彼の家の電話機が呼び出される音を聞く。不思議な感じだった。実はその間も、頭の携帯電話は一時間前の彼とつながっていたのだ。

「もしもし、リョウ？」

受話器の取られた音とともに、今まで頭の中でしか聞こえなかった声が、実際にある電話線の向こうから聞こえてきた。

「突然《とつぜん》だけど、一時間前のぼくへ『足下《あしもと》に気をつけろ』と忠告してくれ！」

彼が泣きそうな声で言うものだから、何事なのかと思った。

「どうしたの？」

「さっき、電話をとる時に、柱に足の小指をうちつけた」

笑いをかみ殺しながら、一時間前の彼にあらましを伝えると、今度は過去のシンヤがこう言った。

「一時間後のぼくにこう言い返してくれ。どうしてお前はいつもそうなんだ、たるんでいる証《しょう》拠《こ》だぞ！　そもそも、物理の課題はもう終わらせたのか？」

まったく、バカなんだから。そう呆《あき》れていると、大変なことに気づいた。

「し、しまった……」

わたしは受話器に言った。

「どうした？」

「ユミさんの言った、かんたんな方法ってこれだったんだ。なんで気づかなかったんだろう！」

実際に声を出し、同じ時間に生きているシンヤへ説明する。

「お互《たが》いが存在していることを確認するために、コンビニまで行く必要なかったんだ。実際に電話をかけてみるだけでよかったんだよ！」

あまりの発見だったので、きっと受話器の向こうにいる彼も驚《おどろ》くはずだと思っていた。けれど、彼はひどく冷静だった。

「なんだ、そのことか」

「気づいてたの？」

「一時間前に、きみが頭の電話で言ったじゃないか」

シンヤとの打ち合わせが済むと、わたしは頭の中の電話を切った。リダイヤルを押《お》して、ユミにかける。彼女が電話に出ると、シンヤとのことや、ようやく気づいたかんたんな存在証明の方法について話をする。

「実際に電話をかければいいだけだって、どうして教えてくれなかったんですか……！」

すると、彼女は飄々《ひょうひょう》として言うのだ。

「だって、それだとつまらないでしょう」そしてしばらく間を置いてから付け加えた。「……明日、がんばってね」


次の日。

わたしの乗ったバスは渋滞《じゅうたい》で遅《おく》れていた。車内は空港へ向かう人で埋《う》まっていた。

隣《となり》に、薄紫色《うすむらさきいろ》のコートを着た女の子が座っていた。年齢《ねんれい》はわたしと同じくらいだろう。しかし、化粧《けしょう》をして、わたしよりもずっと大人《おとな》びた、きれいな人だった。彼女は大きな鞄《かばん》を膝《ひざ》に載《の》せて座っていた。

自分もこうなりたい。わたしは彼女が隣《となり》に腰掛《こしか》けたとき、そう思った。

「ここ数年で、一番の寒さだと朝のテレビで言っていたよ」

頭の電話に向かってシンヤに説明する。一時間前の彼は、今ようやく飛行機に乗り込んだところだった。彼がシートに座って、はるか下に広がる地面を眺《なが》めている場面を想像する。微笑《ほほえ》ましい。

わたしたちの会話は実際に声を出すわけではない。だから、隣に座った女の子は、わたしのことを、ぼんやり窓の外を眺めているだけだと思っただろう。

暖房《だんぼう》でほてった頭を、冷たい窓ガラスに押《お》しつけるのが好きだった。曇《くも》った窓の一部分を手でふき取ると、そこからわずかに見える空には、今にも雪の降り出しそうな低い雲が広がっていた。太陽はなく、人通りの少ない町の中を冷たい風が通り抜《ぬ》けているだけだった。一切の色を奪《うば》い去られたように、風景が灰色に見えた。

「今ごろ、もう飛行場に到着《とうちゃく》している予定だったんだけど、バスが渋滞《じゅうたい》にはまっちゃって動かないんだ。シンヤの方は、遅《おく》れてない？」

「雲の上に渋滞はないみたい。さっきから赤信号にもひっかからないよ。この飛行機、あと二時間くらいでそっちの空港に到着する。時計を見ると、今は十時二十分だから、到着予定時刻は十二時二十分だ。ぼくたちの間には一時間のずれがあるから、今のきみの世界の時刻は十一時二十分だね。つまりあと一時間ほど経過すると、きみのいる世界でぼくが飛行場に現れるわけだ」

「それまでにわたしの乗っているバスが到着するかどうか、わからないよ」

「その時は、ぼくがバス停できみを迎《むか》え撃《う》とう」

「バス停は、空港の前にあるからね。わからなかったら、人に聞くんだよ」

少しずつ、バスが前に進む。窓から見下ろすと、同じようにスローペースで進む隣の乗用車が、白い排気《はいき》ガスを大量に吐《は》きだしている。

「ところで、どうやってお互《たが》いを見つければいいのだろうか？」

ふと彼が口にした。わたしも似たようなことを考えていたが、なにせ頭がつながっているのだし、どうにでもなるだろうと思っていた。

「そんなの、飛行場にいる女の子の中で一番の美人に声をかければ、それがわたしなんだよ」

「そうすると、未来永劫《えいごう》きみに会えない気が……」

自分の顔を見せることについて、不安がないというのは嘘《うそ》だった。もう、何度もそのことについて考え、それでもわたしたちは実際に会って話をしなければいけないのだという結論に達していた。

やがて渋滞を抜け、バスが動きだす。それまでの遅れを取り戻《もど》すかのように、窓の外の風景が快調に後ろへ流れていく。さきほどまでゆっくり隣《となり》を走っていた乗用車が、いらついたようにスピードを上げ、瞬《また》く間に見えなくなった。空港で人を待たせているのだろうか。スピード違反《いはん》だった。

時刻は十二時十三分。彼の乗った飛行機が到着《とうちゃく》する時刻までに、飛行場へはたどり着けそうにない。そのことを、頭の奥《おく》に向かって伝えた。

十二時二十分。予定では、シンヤの乗った飛行機はすでに着陸しているはずだ。膝《ひざ》の上に載せた小さなバッグ、取っ手につけたお気に入りのキーホルダーをいじりながら、わたしは、わたしたちのことをぼんやり考えていた。これまでに交わしてきた会話を、一つ一つ思い出していた。その多くは愉快《ゆかい》なもので、顔に笑みが広がるのを抑《おさ》えられなかった。それから、小学生や中学生の時の辛《つら》かったこと、悲しかったことまでなぜか思い出した。

冷えた窓ガラスに額を押《お》しつけて外を見ると、すでにバスが飛行場のそばまできていることを知る。時計は十二時三十八分。今ごろシンヤは、飛行機を降りて到着ロビーを歩いているところだろうか。もしかすると、空港を出てバス停へ向かっているかもしれない。

運転手がブレーキを踏《ふ》むと、車体が一度ゆれる。窓に押しつけていた額が小さくバウンドしてコツンと音をたてた。到着したことを知らせる運転手のアナウンスが流れると、乗客が一斉《いっせい》に立ち上がる。わたしは一番最後に降りようと思い、座り続けていた。開いた扉《とびら》から一人ずつ出て行くと、やがて人のざわめきが小さくなり、車内が広々としてくる。隣に座っていた薄《うす》紫色《むらさきいろ》のコートを着た女の子が立ち上がり、大きな鞄《かばん》とともに出口へ向かう。

「わたしの乗ったバスが飛行場に到着したよ。これから降りるところ」

頭の電話に向かって説明した。

「わかった。もしぼくがバス停できみを待っていなければ、きみの行き先を頭のケータイで知らせてくれ。こっちの時間で一時間後、ぼくはそこへ向かうから」

あらかた乗客がいなくなると、ようやくわたしは立ち上がり、財布を取り出しながら出口へ向かった。お金を払《はら》い、ステップを降りると、冷たい風が頬《ほお》を打ち、寒さに弱いわたしは体を震《ふる》わせた。飛行機の轟音《ごうおん》が上から聞こえ、ひょっとして風というものはジャンボ機が通り過ぎた時に発生するのだろうか、とぼんやり思った。では、飛行機のない時代に風は存在しなかったのだろうか。そして、シンヤはバス停まで迎《むか》えにきてくれているのだろうか。時間を見ると、微妙《びみょう》なところだった。まだ飛行場の中かもしれない。

バスから離《はな》れ、歩道を歩きだす。どこかで悲鳴があがるのを聞いた。悲鳴といっても、女性のものなのか、男性のものなのか、わからなかった。次の瞬間《しゅんかん》、それが悲鳴などではないことを知った。急ブレーキをかけた車のタイヤが地面のアスファルトをこする音だった。

振《ふ》り返る。さきほどまで何もない空間だと思っていたところに、いつのまにか黒い乗用車のバンパーが存在していた。巨大《きょだい》な塊《かたまり》は、まっすぐ自分に向かっていた。わたしにはコマ送りのように見えたが、車が仕方のないほどの猛《もう》スピードであることが瞬時《しゅんじ》に理解できた。フロントガラス越《ご》しに運転手と目があった。彼は目を見開いていた。わたしは愚《おろ》かにも手を突《つ》き出して、その車を止めようとした。細い腕《うで》でその運動量のすべてを受け止めることなんて、できるはずがないのに。

不意に、だれかがわたしを、横から突き飛ばした。歩道に倒《たお》される。背後で金属の塊《かたまり》がつぶれる、爆発《ばくはつ》のような音。砕《くだ》けたガラスが飛散する。目の前の路面で、ガラスの破片が飛び跳《は》ねる。わたしの上にも降り注ぐ。

咄嗟《とっさ》のことに、頭が混乱していた。もう何も上から降ってこないことを確認し、とにかく立ち上がろうと思った。顔をあげ、ようやく事故の全景を見る。乗用車が歩道を越え、建物の壁《かべ》に衝突《しょうとつ》し、奇怪《きかい》な形にゆがんでいる。

そばに男の人が倒れていた。おそらく、わたしを横から突き飛ばしてくれた人だろう。もしもそうされていなければ、わたしはちょうど、車と壁の間でつぶされていた。

まわりに人が集まりだした。その中には、バスで隣《となり》に座っていた女の子もいる。

わたしはゆっくりと立ち上がる。どこにも大きな怪我《けが》はない。倒れた拍子《ひょうし》に右手を歩道でこすり、小さな裂傷《れっしょう》を作った程度だ。左手は鞄《かばん》を握《にぎ》り締《し》めたままの格好で動かなくなっていた。鞄の取っ手につけていたお気に入りのキーホルダーが外れて転がっていた。

突き飛ばしてくれた恩人は、あお向けに倒れたままの姿勢でわたしを見ていた。瞳《ひとみ》がわたしの動きを追っていた。口が何かを言いたげに動いた。路面上に彼の血が広がっていく。

わたしはまだおぼつかない足取りで、彼に近付く。息が苦しくて、声が出せない。恐怖《きょうふ》などの、一切の感情を忘れていた。わたしは人形のようにふらふらと彼の方に吸い寄せられていった。

そばに膝《ひざ》をつくと、その男は息苦しそうに呼吸しながら、不思議な笑《え》みを浮《う》かべた。わたしと同じか、少し上の年齢《ねんれい》だろうか。まるで何かに満足しきったような顔で、彼は力をふりしぼるように右手を持ち上げると、わたしの頰《ほお》を指でそっとなでた。その瞬間《しゅんかん》、彼がだれなのかをわたしは知った。

「リョウ、ロッカーの番号は……445……だよ……」

血を吐《は》きながらそう言うと、シンヤは目を閉じて動かなくなった。

4

わたしたちは同じ救急車に乗せられ、救急病院へ向かう途中《とちゅう》、彼は死んだ。

まるで夢でも見ているように、目の前が目まぐるしく動いていた。しきりにだれかが引っ張ったり、押《お》したりして、動かないわたしを移動させようとした。

車内で救急隊員の一人が、わたしの右手のかすり傷を調べながら何かをたずねていた。きっと、救急車の中で息を引き取った目の前の若い男は何者なのか、どのような関係なのかをたずねていたのだろう。わたしは答えなかった。一切の反応を拒否《きょひ》した。

やがて彼のポケットの財布から免許証《めんきょしょう》が見つかった。それを見つけた救急隊員は、名前の部分を読み上げた。そして、その運転免許証こそ、シンヤが前に言っていた原動機付自転車のものだということを知った。できの悪い顔写真。霞《かすみ》がかかったような頭にそのことが浸透《しんとう》すると、自分の身に起きたことが理解できた。突然《とつぜん》、呼吸ができなくなるほどの悲しみが胸を突《つ》き上げた。

救急車が病院に到着《とうちゃく》し、救急隊員の一人がわたしに声をかけるまで、彼らは、わたしが声を押《お》し殺してひっそりと泣き続けていたことに気付かなかった。

救急車を下ろされる。一応、きみも検査をしなくてはいけない。そう言って、白衣の人が手を引っ張ろうとした。わたしを乗せるための担架《たんか》も用意してあった。しかしわたしはすでに一人で歩けるまで精神状態が回復していた。

数人の手を振《ふ》り切ってわたしは逃《に》げた。

病院の中を、人のいない方向へやみくもに進んだ。戦前から生きのびてきたような巨大《きょだい》な古い病院。増築が繰《く》り返されたのか、入り組んだつくりになっていた。廊下《ろうか》の両側に病室が並び、天井《てんじょう》にはむき出しのパイプがのびていた。

後ろを見て、だれも追ってこないのを確認する。角を曲がると、行き止まりだった。天井の蛍光灯《けいこうとう》は壊《こわ》れ、ほこりのかぶったソファーが打ち捨てられていた。もう長い間だれも立ち入ら

なかったような、そこは病院の片隅《かたすみ》だった。掃除《そうじ》されていないらしく、蜘蛛《くも》の巣がはられていた。ソファーに座り、なんとかして心を落ち着けようとした。頭の中では、一つのことを考え続けていた。

過去に干渉《かんしょう》することで、現在を変えることは可能だろうか。

もしも、シンヤがわたしを助けなければ、彼が死ぬことはなかっただろう。

頭の中の携帯《けいたい》電話に注意を払《はら》う。大丈夫《だいじょうぶ》。一時間前の彼につながったままだ。事故の直前に時計を見たら、たしか十二時三十八分だった。今は十三時五分。電話の向こうは一時間前の十二時五分だ。事故まで三十分以上ある。

かすり傷だと思っていた右手からぽたぽた血が滴《したた》っていた。痛みでしびれてくる。しんと静まり返ったこの場所は、薄暗《うすぐら》い。体の震《ふる》えが、さっきから止まらない。わたしはソファーの上で体を縮め、想像で作り上げた白い通信機器に語りかける。

「……もしもし、シンヤ?」

「この三十分間、連絡《れんらく》をくれなかったね。今までどうしてたんだよ。ちゃんと、ぼくには会えたの?」

一時間前の彼は、まだ自分が死ぬということを知らない。飛行機のシートに座って、窓の外にある雲をまだ眺《なが》めているのだろうか。巨大《きょだい》な冷たい鉄の塊《かたまり》が胸の奥《おく》に押しこめられたような気持ちになる。シンヤの優しげな声を恨《うら》めしく思いながら、わたしはたずねた。

「あとどれくらいで飛行機が着陸するの？」

「あと二十分くらい。もう座り疲《つか》れた。リョウ？　どうかした？　きみの声、いつもと調子がちがうけど……」彼は戸惑《とまど》い、真面目《まじめ》な声色《こわいろ》になる。「楽しげな様子じゃないね。何かあったの？」

わたしは自分を叱咤《しった》した。感情を殺せ。さもないと、見えない電話回線に、恐《おそ》ろしいまでの感情が噴出《ふんしゅつ》してしまう。今や心の中は、悲しみと愛情の悲鳴が入り交じった濃密《のうみつ》なスープで破《は》裂《れつ》しそうだった。

「シンヤ、お願いがあるんだよ。飛行機が到着《とうちゃく》したら、そのまま飛行場を出ないで。すぐに帰りのチケットを買って、家へ戻《もど》って」

彼は一瞬《いっしゅん》、黙《だま》り込んだ。

「どうして？」

「わからないの？　きみが嫌《きら》いだって意味だよ。会いたくもない！　三十分前の、きみに会ったという過去を消したいんだよ！」

病院のソファーの上で体を丸め、わたしは寒さと痛みに耐《た》えた。心が血を流しそうだった。これでいい。震える唇《くちびる》を噛《か》みしめ、今にも泣き叫《さけ》びたくなるのを防ぐ。

彼はわたしを助けることなく、生きて帰宅する。もしかすると彼は、突然《とつぜん》、追い返したわたしのことを嫌いになるかもしれない。そして、乗用車に轢《ひ》かれるのはわたしだ。その結果、死ぬかもしれない。でも、これでいい。

「本当にそう思っているの？」

「……うん」

時間が静止したような沈黙《ちんもく》。どれくらいそれが続いたのかわからない。ただ目を閉じて、石になったように体を動かすことができなかった。

冷たく、光がない、まるで深海のような病院の片隅《かたすみ》に、どこか遠くから人の笑い声がかすかに聞こえてくる。

「嘘《うそ》だね」やがてシンヤが口を開く。「なぜだか知らないけど、きみはぼくをバス停に近付けまいとしているんだ」

「どうしてそう思うの!?」

「きみはバスを降りる直前、頭の電話でぼくに連絡《れんらく》をくれたね。でも、その連絡を最後に、きみはおよそ三十分間ぷつりと黙《だま》り込んだ。ぼくは何度も呼び掛《か》けたけれど、きみはつながったままの携帯《けいたい》電話をどこかへ放り出したように答えなかった。あの連絡の直後、バスを降りたきみの身に、そうさせるような何かが起きたんだ」

「違《ちが》う！」

「ねえ、きみはぼくと会わないようにして、すでに起きてしまったことを、なかったことにしようとしているんだ。でも、そうはならないよ。ぼくがどんな行動をとっても、その結果が、きみの体験したことなんだから。ぼくはきみを迎《むか》えにバス停へ行く。止めても無駄《むだ》だよ」

シンヤの言葉が、わたしを泣きじゃくる子供のような気持ちにさせた。どうすることもできず、ただ無力に彼が死んだのを受け入れるしかないのだろうか。

「……そろそろ飛行機が着陸態勢に入る。シートベルト着用のランプが点灯した」

時計を見ると、十三時十分。わたしたちに残された時間が次第《しだい》に少なくなっていく。先程まで目にしていた彼の亡骸《なきがら》を思い出す。わたしさえいなければ、彼は死ななかった。そう考えると、たまらない気持ちになる。

「だめだよ、来たらだめだ……」頭の携帯電話は、伝えてしまう。「シンヤ、来たら、死ぬよ……」

また一方で、彼を救う最後の抵抗《ていこう》を思い付いていた。

「死ぬ？」

電話の向こうで、彼が息を呑《の》む。そのまま怖《こわ》くなって逃《に》げ出せばいい。心の底から願った。

「わたしがバスを降りた直後、車が歩道に突《つ》っ込んだの。車は真《ま》っ直《す》ぐ、わたしに向かってきた。避《さ》けることができなかったわたしを、だれかが突き飛ばした。それがシンヤだよ。あなたはわたしのかわりに……」

重苦しい沈黙。

「きみがバスを降りる時間は十二時三十八分だったね？」

ぼくはバス停に向かう。彼は言った。悲しみと嬉《うれ》しさが同時に込み上げて息苦しくなる。

「本当に、それでいいの？」

「嫌《きら》われたんじゃないとわかって、ほっとした。リョウ、助けに行く。でも、きみの顔をぼくはまだ知らないんだ。どんな服装をしているのか教えてくれ」

わたしは最後の嘘《うそ》をついた。

「大きな荷物を持って、薄紫色《うすむらさきいろ》のコートを着たのがわたしだよ……」


彼の時間で十二時二十二分、飛行機が着陸。十二時三十分、シンヤは到着《とうちゃく》ロビーに立った。

わたしたちはその間、何かに追い立てられるように話し続けた。今までに交《か》わした会話を反芻《はんすう》し、あの時はおかしかったねと笑い合った。楽しいはずなのに、涙腺《るいせん》はすっかり壊《こわ》れてしまっていた。時間と空間を飛び越《こ》えて、頭の携帯《けいたい》電話が声を運ぶ。一つ一つの言葉が、何よりも貴重だった。

やがてお互《たが》いに口数が少なくなり、もうすぐおしまいの時間だとわかる。

もしも時間が止まるなら、そうなってほしい。まだ話したいことはたくさんあるはずなのに、言葉がうまく出てこなかった。わたしたちの間に流れるささやかな沈黙《ちんもく》。わたしは自分の肩《かた》を抱《だ》きしめて震《ふる》えに耐《た》える。

「事故まで、あと八分しかない。これから、バス停に向かって走る」

決心したように、シンヤが言った。わたしは頷《うなず》く。

目を閉じると、まるで自分がそばで見ているように、彼が荷物を投げ出して走りだす光景が浮《う》かんだ。

「シンヤ、思いとどまるなら今のうちだよ……」

彼はわたしの言葉を聞かずに空港を駆《か》け抜《ぬ》ける。多くの人でごった返している。彼はその人たちを押《お》し退《の》けて走る。

「今、バス停の場所を人にたずねている。ぼくが来ないように、きみは嘘を教えるかもしれないからね」

到着ロビーからバス停までは距離《きょり》がある。事故の時間まで、五分をきった。それはそのまま、わたしたちの残り時間だった。

「今までありがとう」

わたしは口にした。ずっとそれが言いたかった。感謝の気持ちで胸がいっぱいになる。

わたしとの会話が楽しいと、彼は言ってくれた。嬉しくて、その言葉を思い出すと顔がほころんでしまう。シンヤに生きていて欲しい。素直にそう感じる。

「空港を出た。外は寒いんだね。ぼくの家があるところよりも、ずっと気温が低い」

時計を見る。十三時三十七分。電話の向こう、一時間前の世界では、もうすぐバスが到着するころだ。

わたしは静かに呼吸をする。病院内の冷たい空気が肺に送りこまれた。震《ふる》える手足を、どうしても止めることができなかった。

バスの中で隣《となり》に座っていた女の子のことを、彼がわたしだと思い込んでいればいい。彼女に注目しているかぎり、シンヤが事故に遭《あ》って死ぬことはない。彼はわたしの本当の服装を知らない。助けようにも、たくさんいる乗客の中からわたしを見分けることはできないだろう。

「三十メートルほど先にバス停がある。ちょうど今、白い排気《はいき》ガスを大量に吐《は》きだしながら、一台のバスが止まった。あれに、きみが乗っているんだ」

シンヤの声。

静寂《せいじゃく》な病院の片隅《かたすみ》で、わたしは祈《いの》るような気持ちになる。

電話の向こうでわたしが轢《ひ》かれた瞬間《しゅんかん》、今のわたしはどうなるのだろうか。過去の自分が死ぬということは、今の自分はすでに死んでいたということになるのだ。その瞬間、わたしの体がどのようになってしまうのか想像もつかない。ただひとつ、わかることは、それがシンヤとのお別れだということだった。

「バスのそばまで近付いて、きみが降りてくるのを待っている。扉《とびら》が開いて、人が降りはじめた。まず一人目、ネクタイを締《し》めた男の人だ。たぶん、きみではないね」

シンヤの声。こんな時なのに、おどけている。

次々と乗客が降りていく。車内にいる人間が残り少なくなってくる。

わたしは、ほどなくして訪《おとず》れる消滅《しょうめつ》の恐怖《きょうふ》に耐《た》える。もうすぐ、病院の片隅で丸めたこの体は、一時間前に受けた圧力でつぶれるに違《ちが》いない。

「……今、薄紫色《うすむらさきいろ》のコートを着た女の子が降りてきたよ……」

彼の中で、それがわたしであることを望む。隣に座っていた彼女の姿を思い出し、自分もあいった人間になりたかったのだと思う。

事故が発生し、女の子が死んだのを知って、はじめてそれがわたしだったと気付くのだ。シンヤ、ごめん。だましてごめん。

でも、こうするしかなかった。彼のことを思うと、死の恐《こわ》さが消えた。体温の抜《ぬ》けきったわたしの体の中に、どうしようもないほどのやさしい温かさが広がる。

「ごめんね、ありがとう」

涙声《なみだごえ》になってしまった。

「……違う！」

「え？」

「あれはきみじゃない」

一瞬《いっしゅん》、彼が何を言ったのか、正しく理解できなかった。

本来、頭の電話は声しか伝えない。でも、見えない電話回線の向こう側で、彼が走りだしたのを鮮明《せんめい》に見た気がした。

「たった今、本当のきみが歩道に降り立った」

最後にバスを降り、外の寒さに驚《おどろ》いている女の子がいる。その子は上を見上げて、飛行機が飛んでいるのを眺《なが》める。待ち合わせをしている男の子はもう到着《とうちゃく》しているのだろうかと考えていた。

彼女のもとへ、迷いなく彼が走る。

「車が……」

シンヤの声。

車のバンパーが、女の子の前に迫《せま》っている。その絶望的な速度と、逃《のが》れられない死。彼は横から、彼女を突《つ》き飛ばす。

あの、爆発《ばくはつ》が起きたような音。ガラスの散らばる音。聞こえないはずなのに、聞こえた気がした。

彼の名前を心の中で叫《さけ》んだ。時計が、事故の起きたちょうど一時間後の時刻を指していた。

起きたことを変更《へんこう》することはできない。彼の言ったことを思い出す。

だれにも忘れ去られたような病院の片隅《かたすみ》で、わたしの嗚咽《おえつ》だけが響《ひび》いた。

「どうして……？」

頭の携帯《けいたい》電話に呼び掛《か》けた。

「きみは、ミスをおかした……」苦しそうな声が、電話の向こうから聞こえてくる。「……

ね」

鞄《かばん》にトトロのキーホルダーをつけていなければ、きみはぼくをだましおおすことができたのに

彼の声は、次第《しだい》に弱弱しくなる。まるで、電波の届かないところへ遠ざかっているようだった。

「……ねえ、今、ぼくはあお向けに倒《たお》れているんだけど、さっき突き飛ばされたきみ、立ち上がるのが見える……」

「うん……」

「きみは、意味がわからない、といった顔をしているよ。強く押《お》したけど、怪我《けが》はなかった……?」

「シンヤほどの怪我ではなかったさ……」

「ぼくの方を見て、きみが近付いてくる。ふらふらした、危なげな足取りで……」

「そして、そばに膝《ひざ》をついたんだね……」

「ぼくは手を伸《の》ばす……」

目を閉じると、彼の指先の温かさを頬《ほお》に感じる。

「……気にしていたほどのニキビではないね……」

電話がとぎれると、あのむなしい音が聞こえてきた。

ツー、ツー……。

5

病院の片隅《かたすみ》で看護婦の一人に発見された時、わたしは凍死《とうし》寸前で、右手から流れていた血は乾《かわ》ききっていた。

事故を起こした乗用車の運転手は、即死《そくし》だったそうだ。事故の原因は聞かなかった。興味がなかった。それに、警察や親への事情説明でひどくつかれていた。

頭の携帯《けいたい》電話のことは、だれにも言わなかった。

シンヤの葬式《そうしき》に出席した後、彼がよく話していたごみ捨て場へ行こうと思った。

それは雪の日のこと、わたしは道に迷いながら、その場所を探し当てた。多くの粗大《そだい》ごみが雨ざらしになっていた。

ロッカーがあった。掃除《そうじ》器具などを入れておくような、どこにでもあるようなもので、三ケタの小さな数字錠《じょう》がかかっていた。４４５。彼の言った数字に合わせると、鍵《かぎ》は開いた。わたしの時間で、はじめてシンヤから電話がかかってきた時刻。四時四十五分……。

ロッカーはさびつき、形もゆがんでいたけど、扉《とびら》はスムーズに動いた。小さくて軽そうなラジカセが入っていた。いつかの約束を、彼は覚えていてくれたのだ。

細かい雪がちらちらと舞《ま》うごみ捨て場の中、わたしはラジカセを抱《だ》き締《し》めて長いこと突《つ》っ立っていた。

「数日間のずれ、っていうのは、嘘《うそ》だったんですね」

そう尋《たず》ねてみると、ユミは否定しなかった。

シンヤが死んだ日の、前日にかけた電話。そのときに彼女が言った最後の言葉を思い出して、彼女の正体に気付いた。

「今まで、ありがとうございました。あなたのようになれたら、どんなにいいだろうかと、ずっと思っていました」

頭の電話の向こうで、彼女は確かにうなずいていた。

「がんばってね」

彼女に電話をかけたのは、それが最後になった。

何年もたった。色々あって、友達もできた。大学に入ると本物の携帯電話も買った。

それは、一人暮らしも板についてきたころ。両手を泡《あわ》だらけにして、食器を洗っていた時のことだ。不意に、何年間も鳴りださなかった頭の電話が、なつかしい着信のメロディーを流しだした。映画『バグダッド・カフェ』のテーマ曲『コーリング・ユー』。

きた、と思った。わたしは目を閉じ、頭の中でほこりをかぶっていた携帯電話をとる。

「もしもし」

「あの……」

電話の向こうから、戸惑《とまど》いと不安の混じった切実な女の子の声。

胸がつまり、瞼《まぶた》が熱くなる。

「いえ、いいの。どうせ暇《ひま》だから……」

そして、わたしは名前を偽《いつわ》った。

電話の向こうにいる女の子は、まるで弱々しげな声で、自分の押《お》した電話番号が、未来にいる自分自身への番号であることに気付いていない。

心から彼女に言いたかった。

あなたは今、いろんなことに傷ついて、さびしい思いをしているかもしれない。肩《かた》を寄せ合う友達がいなくて、いっそ泣きたくなるくらい冷たい風の中、たった一人で歩いているかもしれない。

でも大丈夫《だいじょうぶ》。心配ない。どんなに辛《つら》いことがあっても、ラジカセがいつもそばで勇気づけてくれるから。

傷
—KIZ/KIDS—

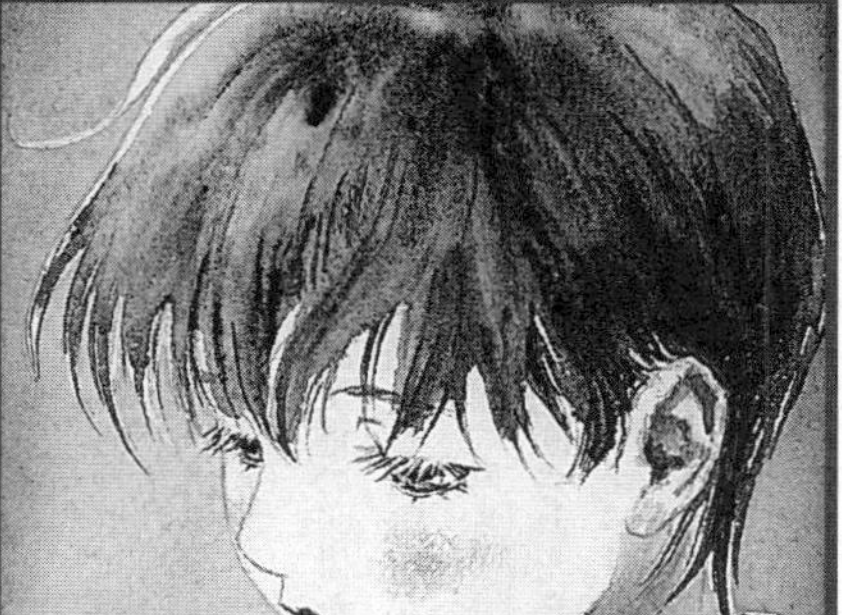

1

オレの通う小学校には特殊《とくしゅ》学級というのがあって、問題のある生徒が何人か集められていた。生まれつき頭の弱い子や、もう何年もしゃべらない子、何らかの障害があって普通《ふつう》のクラスになじめない子などが、まとめてそこで授業を受けていた。

特殊学級の教室は、小学校の片隅《かたすみ》、まるで他の子供たちから隠《かく》すような場所にひっそりとあった。問題のある子供について専門の勉強をした先生がクラスを受け持ち、ボタンとキャンデーの見分けがつかない生徒を見張り、間違《まちが》って喉《のど》をつまらせないようにしていた。生徒の年齢《ねんれい》は関係ない。普通の教室に適応できないと判断されたら、そこの生徒になる。

ある日、体育で水泳をやることになった。オレが更衣室《こういしつ》で上着を脱《ぬ》ぎ、上半身はだかになったときのことだった。同じクラスのやつが言ったのだ。

「おまえのその痣《あざ》、親父《おやじ》につけられたんだってな」

そいつはオレの背中を指差し、そこにいたみんなの注意をひいて楽しんでいた。

オレの背中には、数年前に親父からつけられた痣がある。酔《よ》っ払《ぱら》った勢いで、アイロンを投げつけたのだ。その部分は赤黒く変色して目立った。オレはそこを見られるのがいやで、常に隠そうとしていた。

「おい、なんとか言えよ。親父がやったんだろ。おまえんち、異常だよ」

痣を指差して、そいつは言った。そこにいた同じクラスの男子は、みんなオレの背中に眼を向けてこそこそ笑いあっていた。

更衣室の隅に、プールを磨《みが》くためのデッキブラシがあった。長い柄《え》の先に、緑色のブラシがついたやつだ。オレはそれを握《にぎ》り締《し》めて、思いきり、背中を指差していたやつを殴《なぐ》った。鼻血が出て、何度も泣いて謝《あやま》っていたが、オレは殴り続けた。

次の日、まわりの大人《おとな》たちがオレの家庭環境《かんきょう》を調べ、精神的欠陥《けっかん》のおそれについて話し合った。その結果、オレは特殊学級に入ることが決定した。

特殊学級の先生は、メガネをかけたおばさんだった。特殊学級にいる小さな子と毎日、折り紙をハサミで切らされるのだ。そうやって、あらゆる色の混じった派手《はで》な折り紙の鎖《くさり》を作り、特殊学級の教室は天井《てんじょう》や壁《かべ》が無意味に飾《かざ》り付けされていた。

「うちのクラスは、今の子たちで手いっぱいなんです。その上、あんな子をひきうける自信が私にはありません……！」

当初、彼女は校長先生にそう訴《うった》えたそうだ。オレがこれまでにやった暴力的なことをすべて知っていたのだ。特殊学級にいるほかの子に迷惑《めいわく》がかかると考えたのだろう。結局、彼女の叫《さけ》びは校長先生に聞き入れられなかった。

オレが特殊《とくしゅ》学級の生徒になって一週間ほど、彼女はぴりぴりした目でオレを見ていた。いつ、火山が爆発《ばくはつ》するのかを恐《おそ》れているように見えた。

しかし、彼女にとっては意外なことに、オレは特殊学級の生徒になって、ほとんど暴力をふるわなかったのだ。小さな子がオレの給食を机から落としてダメにしたときも、怒《おこ》ったりはしなかった。

「あなた、腹が立たなかったの?」

先生がオレに尋《たず》ねた。

「最初はむかついたよ。だって食べたかったもん。でもさ、あいつはまだ一年生なんだぜ。悪気があったんじゃないんだ、しょうがないよ」

先生は驚《おどろ》いたようにオレを見た。

「あなたについては、少し、報告と違《ちが》うみたいね」

オレはすぐにそのクラスが好きになった。そこには、敵意を持ったやつがいない。他人をからかうやつもいない。特殊学級の子は、だれもオレに対して嫌《いや》がらせなどしなかったのだ。

半分近くの子が、一人でトイレに行けなかった。言葉を喋《しゃべ》ることができない子や、いつも何かに怯《おび》えている子がいた。それでもみんな、なんとか一生懸命《いっしょうけんめい》にやっていた。だれかをからかう暇《ひま》もなく、必死で普通《ふつう》の子についていこうとしていた。

その教室にあるのは、他の場所で生きるのが困難な子供たちの笑顔《えがお》と、普通の子供ならすぐに置き去って成長してしまう幼い純真さだけだった。

　四月、特殊学級に一人の男の子がやってきた。オレと同じ十一歳のそいつは、他の小学校から転校してきたものの、だれとも口をきかなかった。それで、このクラスに移動させられたのだ。色の白い、背の小さなやつで、先生に手をひかれて不安そうに教室へ入ってきた。黒色の長袖《ながそで》、長ズボンに身を包み、まるで陶器《とうき》の人形のように美しい顔をしていた。

　それがアサトだった。


　特殊学級では、毎日、先生から課題のプリントが配られる。生徒の頭の良さによって課題の難易度は違っていたが、アサトはもっともレベルの高いプリントをこなしていた。しかし彼は、なかなかみんなと打ち解けなかった。先生に言われたことはだれよりもうまくこなしたが、だれとも話をしなかった。休み時間になると教室の隅《すみ》で、小さな体を丸めて一人、本を読んでいた。

　ある日、オレは職員室に呼び出された。行ってみるとそこには、腕《うで》に歯形をつけたかつての同級生と、その母親がいた。前日、オレはそいつの腕に嚙《か》み付いたのだが、そのことを大人《おとな》たちは怒っていた。

　なぜそんなことをしたのかと尋ねられたので、そいつが特殊学級のクラスメイトにひどいことをしたのだと説明した。結局、オレは職員室の床《ゆか》に正座させられた。怒っていた生徒と母親は、それを見ながら納得《なっとく》した顔で帰っていった。

先生たちや、たまたま職員室を訪《おとず》れた生徒が、床《ゆか》に座らされたオレをじろじろ眺《なが》めた。弁護してくれたのは特殊《とくしゅ》学級の先生だけだったが、オレは気にしていなかった。

正座している時、先生たちがアサトの家庭について話していた。オレは、聞こえていないふりをしながら、耳を傾《かたむ》けた。

「新しく特殊学級に入った子って、例の事件があった家の子なんでしょう……？」

若い女の先生の声だった。

例の事件というのがいったい何なのか、結局はわからなかった。しかし、アサトの家庭について多くを知った。

彼には両親がいなかった。父親は数年前に死んだらしい。そして母親は、刑務所《けいむしょ》にいる。先生の話にあった例の事件というものに、アサトの母親が関係しているのだろうかとオレは推測した。

両親がいなくなって、彼はいろいろなところをたらい回しにされた。そして現在、ほとんど血のつながりがないような親戚《しんせき》の家に住んでいるらしい。

アサトに親近感を覚えた。なぜなら、オレも他人の家に住んでいたからだ。

一ヶ月前に親父《おやじ》が入院するまで、両親と三人で暮らしていた。親父は酒が入るとわめきちらす男で、いつも母さんやオレを怒鳴《どな》っていた。いらついて物を壊《こわ》したり、投げつけたりした。

昔はちゃんと仕事をしていたが、しばらく前から何もせず家にいた。振《ふ》り上げた長い腕《うで》の先に固い拳《こぶし》があり、オレと母さんはよくそれに痛め付けられた。乱暴する親父は本当に怖《こわ》くて、母さんと二人、裸足《はだし》で家を飛び出したこともあった。辺りは暗く、母さんはオレの手を引っ張って歩き、親父の機嫌《きげん》が治まるのを待った。

昔、会社勤めをしていた頃《ころ》は、みんな親父のことが好きだったそうだ。でも、今ではみんなに嫌《きら》われていた。そのことをまた、自分で気が付いているようで、近所から何と呼ばれているのかも、どのような目で見られているのかも、ちゃんとわかっていたのだろう。

母さんはずっと耐《た》えていたが、あいつが入院すると、ほっとしたような表情をした。親父がもう助からない重い病気にかかっていたからだ。これからは母さんとの静かな二人暮らしがはじまると思っていた。そんな時、母さんは買い物に出掛《でか》けた。

「ちょっと、郵便局に寄ってくるから、遅《おそ》くなるわ」

そう言って、サンダルを履《は》いて出掛けて行った。そのまま、帰ってこなかった。オレを残して遠くへ逃《に》げていったのだ。オレはそれに気付かないで、夜遅くまで母さんを待ち、帰ってこないことを知ると、布団《ふとん》をしいて眠《ねむ》った。

やがて、家に一人息子《むすこ》だけが残されたことを知り、伯父《おじ》夫婦がやってきた。オレを引き取って、人並みの生活をさせてやる、というのはたてまえだった。彼らは、家を乗っ取った。家が欲しかっただけで、オレのことは邪魔者《じゃまもの》を見るような目で見ていた。

そんなだから、アサトに、なんとなく親しみを覚えた。

授業が終わると、クラスのみんなは喜んで家へ帰っていく。特殊《とくしゅ》学級の多くは、一人で家に帰ることができない子たちだった。家までの道を覚えることができなかったり、一人になると不安で頭を掻《か》きむしったりするのだ。だから、親が迎《むか》えに来る子も多かった。

オレとアサトは、いつも暗くなるまで帰らなかった。まるで、家に帰るのを先延ばしにしているようだった。

人が減り、教室がしんと静かになる。夕日のせいでオレンジ色に染まる校舎、ぽんとボールを投げると、跳《は》ねる音だけが静かに響《ひび》いて消えた。だれもいない校庭は子供たちに取り残され、鉄棒や滑《すべ》り台が寂《さび》しく影《かげ》を延ばす。昼間の騒々《そうぞう》しさが嘘《うそ》のようだった。その時間の空気は、とても透明《とうめい》だ。母さんがいなくなったのも、ちょうど世界が赤色に染まる頃《ころ》だった。

教室にアサトと二人。彼は静かに本を読み、オレは工作をしたり絵を描《か》きながらテレビを見る。

アサトの不思議な力が最初に現れたのは、そんな時間だった。

ある夕方、オレはカッターナイフで木を削《けず》っていた。勉強は全然だめだったが、図工は好きだった。以前、本を見ながら作ったフクロウの置物を、先生はすごく気に入ってくれた。彼女はみんなの前でそれをほめて教室に飾《かざ》った。そういったことはほとんどはじめてのことだったから、うれしかった。それで今度は犬の置物を作ろうと思い、ナイフでカリカリとやりはじめた。机の周りには削りかすが散らばり、ふと気付くとオレの体にも小さな木屑《きくず》がたくさんついていた。

その日も教室にはアサトと二人で残っていたが、彼は読書に没頭《ぼっとう》していた。同い年の子に比べて彼の体は小さく、強風にあおられると浮《う》き上がるんじゃないかと思えた。絹糸のように細い髪《かみ》が額までかかり、綺麗《きれい》な目はじっと国語の本に向けられたまま動かない。

不意に、オレは彫刻《ちょうこく》する手を止めた。ナイフが木に引っ掛《か》かって動かなくなったのだ。力を込める。瞬間《しゅんかん》、木から外れた鋭《するど》い刃《は》が、窓から差し込む夕日を反射した。反動で、ナイフを持っていた手が机にぶつかり、意外と大きな音が教室内に響いた。

木を持っていた左の腕《うで》に、鋭い痛みがあった。十センチくらいの赤い線ができて、血が流れていた。

救急箱を取りに立つ。怪我《けが》をしたせいで、先生がオレからナイフを取り上げてしまうことを心配した。

いつのまにかそばにアサトが立っていた。少しの間それに気付かなかった。彼が自分からだれかのそばにくることはほとんどなく、同じ教室にいても、オレのことなど意識にないのだと思っていた。

彼は腕の傷を見て、顔を真《ま》っ青《さお》にしていた。眉《まゆ》をゆがめて、呼吸困難に陥《おちい》ったように苦しそうだった。

「大丈夫《だいじょうぶ》……？」

はじめて耳にするアサトの声は、細く、震《ふる》えていた。

「このくらいのことは、慣れているんだぜ」

アサトはオレの左腕《ひだりうで》をつかみ、傷口を両側からぎゅっと押《お》さえた。何をしたいのか測りかねていると、彼は、はっとしたように慌《あわ》てて腕を離《はな》した。

「ごめん。こうやったら、傷がふさがるんじゃないかと思ったんだ」

無意識の行動だったようだ。つまり両側から圧迫《あっぱく》することで傷がもう一度くっつくと考えたらしい。オレは愉快《ゆかい》になった。「つきゆびした指は引っ張れば治る」という迷信や、「食べ物を下に落としても十秒以内に拾えばセーフ」という考えにどこか似ていると思った。

おもしろいやつだと思い、ぽんぽんと肩《かた》をたたいた。彼は不思議そうな顔でオレを見た。教室の棚《たな》から救急箱を持ち出し、いざ腕の傷を消毒しようとして、気付いた。さきほどに比べ、心なしか傷が浅くなっているような気がした。まさかアサトのおまじないめいた治療《ちりょう》がそうさせたのだろうか。

振《ふ》り返ると、彼も自分の左腕を見ていた。その日も長袖《ながそで》に長ズボンだったが、袖をまくり上げていた。何年も太陽に当たっていないような、恐《おそ》ろしく白い肌《はだ》だった。近寄り、彼の視線の先を見る。

アサトの左腕、オレがナイフで切ってしまったところと同じ場所に、似たような傷があった。浅い傷で、ほとんど血も出ていなかったが、長さや形状など、オレの傷をそのままコピーしたようだった。
「その傷、前からあったのか？」
尋《たず》ねると、彼は首を左右に振った。まるで、オレの傷が浅くなった分、アサトに傷が移動したみたいだった。
そんなまさか、と、オレは考えたことを否定した。アサトも同じようなことを思い付いたらしく、じっとオレの目を見て言った。

「もう一度、さっきみたいにやってみていい？」

馬鹿《ばか》なこと言うなよとオレは笑ったものの、心のどこかにある好奇心《こうきしん》が、血の流れている左《ひだり》腕《うで》を差し出させた。

さきほどのように、アサトが傷口を両側から押《お》さえ付ける。

ポタ、と、血が一滴《ひとしずく》、床《ゆか》に赤い点をつけた。その血は、オレの腕から落ちたものではなかった。アサトの左腕にあった傷が、いつのまにか、あきらかに深くなっている。そこから流れた血だった。腕を押さえ続けるアサトは、まるで念じているようでもある。オレはそれを振《ふ》りほどき、自分の腕を見た。ナイフの傷は、当初の半分の深さになっていた。そして、消え去ったもう半分がどこへ行ったのか、オレらは考えるまでもなかった。アサトは自分の左腕を不思議そうに見て、

「傷の深さも、痛みも、半分ずつ。二で割って、はんぶんこだね」

と冗談《じょうだん》めいて言った。

その日から、オレとアサトは突然《とつぜん》に仲良くなった。彼の特殊《とくしゅ》な力のことを、みんなには秘密にした。他人《ひと》の体にできた傷を、ぎゅっと押さえることで、自分の体に移動させる。それが不思議でおもしろく、何度か同じ実験を試してみた。

保健室の前で張り込みをし、怪我《けが》をした下級生を発見したら、アサトが力を使ってみる。大きな傷を移動させるのは彼に気がひけるので、小さな切り傷を作った子だけに対象をしぼった。

「ちょっとこっちにおいで」

転んで肘《ひじ》をすりむいた一年生の男の子を、保健室の前でさらった。階段の下で、アサトがその子の肘にある傷を、ぎゅっと閉じこむように押さえる。男の子はオレらのことを不安な顔で見て、逃《に》げ出していく。アサトが長い袖《そで》をめくると、そこには男の子の肘にあったのと同じ傷が生まれている。

傷を移動させる時間は次第《しだい》に短くなり、やがて一瞬《いっしゅん》でそれができるようになった。また、傷を押さえる必要もなく、アサトが体のどこかに触《ふ》れていれば効力が発揮されることもわかった。

そのうち、保健室の先生が、いつも部屋《へや》の前にいるオレらに気付いた。また何かたくらんでいるものと思ったようで、しばらく保健室に近寄ることを先生たちに禁止させられた。

「ねえ、なんで特殊学級に来たの？」

ある日のこと、アサトがオレに尋《たず》ねた。少し躊躇《ちゅうちょ》したけど、水泳のときに更衣室《こういしつ》で行なったひどい暴力について話した。それから、オレの背中にある痣《あざ》についても説明した。

話をしている間中、アサトの顔には不安や恐怖《きょうふ》といったものが浮《う》かんだ。そして、悲しそうな様子も見せた。

「オレが恐《こわ》い？」

彼は驚《おどろ》いたように首を横に振《ふ》る。

「全然、恐《こわ》くないよ！」

「なに！」

オレは少なからずプライドを傷つけられた。するとアサトはしどろもどろになりながら弁解をはじめる。

「人を怪我《けが》させるのはひどいよ……。話を聞いているだけで恐かったもの。でも、それ以上に悲しかった……」

その後、アサトは押《お》し黙《だま》り、何かを考えこんでいた。やがてオレの方を振りかえり、手を握《にぎ》った。アサトの視線は、服が透《す》けてオレの背中が見えるとでも言うように、まっすぐ痣《あざ》の場所を差していた。最初、その行動の意味がわからなかった。

「いまのはなんだったんだ？」

「なんとなく、できるかなと思って……」

家に戻《もど》り、服を着替《きが》えようとした。母さんが残していった姿見に映る自分の背中を見て、ようやくアサトの行動を理解した。

痣がどこにもなかった。アサトはオレの手を握り、背中の痣をおそらく自分の体へ移動させたのに違《ちが》いない。

移動させることができるのは、傷だけではなかったのだ。

「痣、返せよ」

翌朝、オレはそう言ったが、アサトは微笑《ほほえ》んだだけだった。

後に、火傷《やけど》や残ってしまった古い傷跡《きずあと》まで、さまざまなものをアサトは動かすようになった。

2

オレの家は町の郊外《こうがい》にあった。貧しい人々が住んでいる地区で、家といってもほんの小さなプレハブの建物だ。夏は外よりも暑く蒸していた。冬は外よりも寒く、布団《ふとん》の中にいても凍死《とうし》しそうだった。家々の間を縫《ぬ》う道は舗装《ほそう》されておらず、乾燥《かんそう》すると土埃《つちぼこり》が家の窓枠《まどわく》にざらざらと張り付いた。

錆《さ》び付いた三輪車が横倒《よこだお》しになって、一ヶ月も前から道端《みちばた》に転がっていたが、だれも片付けようとはしなかった。三歳くらいの小さな男の子が、ブリーフ一枚で道端にしゃがみ、石で絵を描《か》いていた。太ったおばさんがほとんど下着という姿で首にタオルを巻き、平然と道を歩いていた。その地区はいつも嫌《いや》な臭《にお》いがするらしく、通りかかる人はみんな顔をしかめる。オレは小さな頃《ころ》から住んでいるので、それがどんなにひどい臭いなのかはよくわからない。

学校の無い日、オレは家にいるのが嫌だった。それで、アサトと二人で町の中を歩いた。縦《じゅう》横無尽《おうむじん》に路地という路地を進み、どんな建物の隙間《すきま》にも足を踏《ふ》み入れた。ここは道なのだろうか、と疑問に思うような際《きわ》どい路地裏を積極的に散歩した。

だれも遊ばないような汚《きたな》らしい公園があり、そこでよく暇《ひま》をつぶした。遊具はブランコとシーソーだけ、それも表面は錆《さび》に覆《おお》われていた。雑草が繁殖《はんしょく》し、よく見ると割れたビール瓶《びん》などが散乱していた。暴走族の落書きした跡《あと》があり、鉄条網《てつじょうもう》の切《き》れ端《はし》が打ち捨てられていた。公園の隅《すみ》には車のタイヤが山積みになっていた。その中に雨水がたまり、腐《くさ》っていた。

ある日曜日、オレとアサトはその公園でブランコに座っていた。すると目の前の道を、若い母親と小さな子供が通り過ぎた。オレらは無意識のうちにその姿を追っていた。母子《おやこ》は手をつなぎ、幸せそうな顔をして歩いていた。

子供がつまずいて転んだ。膝《ひざ》から血が流れ、泣き始めた。母親が泣きやませようと優しい声をかけるが、うまくいかない。

アサトが立ち上がった。

「放っておけよ」

オレは声をかける。それを無視して、アサトは母子の方へ歩いていく。

泣きじゃくる子供のそばに立つと、いたわるような顔で頭をなでた。その瞬間《しゅんかん》、子供の怪我《けが》が、彼の体に乗り移ったのがわかった。子供の膝は血で汚《よご》れており、傷がふさがったのかどうかわからない。アサトは長いズボンを穿《は》いており膝は見えないが、その下で皮膚《ひふ》が裂《さ》けているだろうとオレは想像した。

傷を移動させる際、痛みもいっしょに移動する。子供は、すっと消えてしまった膝の痛みを不思議がるように泣きやんだ。

オレらが子供を泣きやませたと、その母親は理解したらしい。

「きみたち、どうもありがとう。何かお礼をしなくちゃいけないわね」

彼女はアイスクリームをおごってくれると言った。

小学校の帰り道においしそうなアイスクリーム屋があった。しかしオレとアサトはお小遣《こづか》いなんてもらえなかったから、いつもガラス越《ご》しに店内を眺《なが》めるだけだった。だから、その日に限り神様の存在を信じることができた。

その店はレンガ造りだった。店内に丸いテーブルと椅子《いす》がいくつか設置され、アイスを食べるスペースが設けられていた。オレらはガラスの中にある様々な種類のアイスを眺める。それらはバケツのような容器に入っていた。

どれを注文しようかと、これが人生の分岐点《ぶんきてん》だとでも言うようにおもうさま迷った。悩《なや》んだあげくに決定して女性店員に伝えると、子供をつれた母親が代金を支払《しはら》った。母子はオレらに手を振《ふ》って、店内から出ていった。

その店で働く女性の店員は、子供たちの間で有名だった。彼女はいつも、花粉症《かふんしよう》の人がするような大きなマスクを顔につけている。白くて、四角いやつだ。

絶対にマスクを取らないので、その素顔について、説明するのもはばかられるような子供じみた憶測《おくそく》が飛び交《か》っていた。

　彼女を、はじめて近くから眺《なが》めることができた。するとやはり、確かに四角いマスクをしていた。けれど、オレらにはそれよりもアイスの方が大事だった。

　店内で食べる。オレはほとんど一瞬《いっしゅん》で消化した。アサトはオレに合わせて一生懸命《いっしょうけんめい》に急いで食べていたが、全然、遅《おそ》かった。

　オレは暇《ひま》を持て余し、ガラスケースにはりついて、並んでいるバケツアイスを眺めた。大きなマスクをはめた女性店員が眉《まゆ》をひそめ、向こう側からオレを見ていた。よく見ると、マスクの端《はし》からひどい火傷《やけど》の跡《あと》がのぞいた。

「ねえ」

　話し掛《か》けてみた。すると彼女の眉が、ピン、と驚《おどろ》いたように上がる。

「アイスってさ、売れ残ったらどうなるの？　捨てるの？　それとも次の日まで保存するの？もしもだよ、何日も売れ残ったりしたら、古くなってしまうじゃない？」

「……ええ、そうね」

　彼女は戸惑《とまど》ったように頷《うなず》く。

「だったら、ちょうだい」

　オレは頼《たの》んでみた。

「ダメ」

「あ、そう」

そのとき、アサトが食べ終わった。オレは彼女に背中を向ける。

「じゃあな、シホ」

「なんで私の名前を知っているの？」

「名札に書いてあるだろ」

彼女の胸に、『SHIHO』とある。

「きみ、ローマ字が読めるんだ」

「バカにするなよ」

そう言ったオレを見て、シホは微笑《ほほえ》んだ。マスクをしていても、それがわかった。

「場合によっては、売れ残ったアイスを分けてあげないこともない」

彼女はそう言うと、オレらに店の掃除《そうじ》を頼んだ。シホはたんなるバイトだったが、掃除を終わらせると、人気がなくて余ってしまったアイスをくれた。

オレらは食べ物をくれる人に対して犬のようになついてしまう卑《いや》しい子供だったので、すぐに彼女のことが好きになった。

その日から、オレとアサトは彼女のいる店へ通うようになった。彼女の手伝いをして、その報酬《ほうしゅう》を得るのだ。

シホはやさしく、オレらのような子供の話をまともに聞いてくれた。大きなマスクの上に、形の良い美しい目が並んでいて、笑うとすっと細くなるのだ。オレらは彼女の笑った顔が見たくて、よくくだらない物語を二人で考えた。

アサトはオレとしゃべるようになってから、少しずつ特殊《とくしゅ》学級のクラスメイトたちとも話をするようになっていた。もちろん、シホとも言葉を交《か》わし、それは良い兆候に思われた。


だれかの傷を肩代《かたが》わりするたび、アサトの体に傷が増えた。長い袖《そで》をめくると、白い肌《はだ》に、治りかけや、跡《あと》になった傷が残っていた。腹の方はどうなっているのだろうかと思い、服をめくろうとしたら、意外な意志の強さで抵抗《ていこう》を受けた。ひどく狼狽《ろうばい》した様子だったので、オレの方が戸惑《とまど》った。彼は、人前では、決して服を脱《ぬ》がなかった。

アサトの体に傷が増えることを良いと思わなかったので、できるだけおかしな能力を使わないように言った。

ある日、アイスクリーム屋のカウンターに寄り掛《か》かってシホと話をしていた。店内は冷房《れいぼう》がきいており、居心地《いごこち》がいい。それに、オレらのような汚《きたな》らしい子供を毛嫌《けぎら》いする店長は、たいていシホに店をまかせてパチンコを打っていた。

背の低いアサトがつま先立ちをし、カウンターに顎《あご》をのせる。

シホが彼の手をとった。

「アサトくん、手に怪我《けが》してるじゃない！」

心配そうに、大丈夫《だいじょうぶ》？　痛くない？　と繰《く》り返した。

オレは気付かなかったが、アサトは店にくる前、おそらくだれかの傷を癒《いや》してきたのだろう。

彼は自分の体に怪我を移動させた後、たいていは血の流れるまま放っておいた。

シホはごそごそと服のポケットを探った。女子がよく持っているようなかわいい絆創膏《ばんそうこう》を取り出すと、それをアサトの手に貼《は》った。彼女は、傷を移動させるおかしな能力の存在など、知らなかったのだ。

アサトは目を輝《かがや》かせてその絆創膏を眺《なが》め、礼を言った。数日がたってもそれをはがさず、長い間、大切に眺《なが》めてうれしそうにしていた。

数年前、小学校に嫌《いや》なヤツがいた。そいつは背が高く、目が凶悪《きょうあく》な犬のようにぎらぎらしていた。オレよりも年上で、いつも数人の仲間と徒党を組んでいた。廊下《ろうか》や道ですれちがう時、ヤツを中心としたグループには気をつけないといけなかった。オレは敵視されていて、いつかヤツらに、後ろから重いもので殴《なぐ》られるのではないかと思っていた。

敵視される理由には心当たりがあった。ずっと以前、ヤツが親父《おやじ》のことでオレをからかった時のこと、あまりに意地悪い言葉を口にしたので、校舎の二階から突《つ》き落としてしまったのだ。親父が近所のみんなから嫌《きら》われていることで、息子《むすこ》のオレまで一緒《いっしょ》に疎《うと》まれ、たちの悪い人間に目をつけられる。

しかし、ヤツが小学校を卒業していなくなったことで、ここしばらくは平穏《へいおん》だった。

オレとアサトが、シホのいる店に向かっている時のことだった。

気付くと、目の前に黒い学生服の男が立っていた。小学校を卒業し、現在は中学生をやっているあの嫌なヤツだった。あいかわらず凶悪な気配があり、そのせいで間違《まちが》いようがなかった。中学へ入っても、彼の悪い噂《うわさ》は絶えず耳に飛び込んできていた。

オレは気付かないふりをして通り過ぎようとした。でも、だめだった。

そばを通り過ぎる瞬間《しゅんかん》、彼は、親父と母さんにまつわるひどい言葉をオレの耳にささやいた。

それで、喧嘩《けんか》へ発展した。

ヤツは最初から、それを期待していたのだろう。金属バットを隠《かく》し持っていた。そういえばかつて、野球部だったと聞く。それでバッティングフォームが美しかったのだ。

ヤツの振《ふ》り回すバットを、腕《うで》で受け止めた。骨が折れた。

痛がるオレを見て、ヤツは満足そうに目を細めた。

それまでかたわらにいて、恐《おそ》ろしげに成り行きを見守っていたアサトの表情が、すっと消えた。焦点《しょうてん》のあっていない、空《うつ》ろな表情になり、ふらふらとそばに近寄ってきた。小さな手をのばし、そっとオレの腕に触《さわ》る。止める間もなかった。彼は腕の激痛を吸収したのだ。腕から痛みが引くと同時に、アサトの腕からポキンという音がした。彼は無表情のままで、そのことが恐ろしかった。

「アサト……？」

オレは戸惑《とまど》い、そう声をかける。しかし、彼には聞こえていないようだった。

アサトは危なげな足取りで、バットを持った中学生に近寄って行く。背の高いヤツのそばに立つと、アサトはよりいっそう小さな子供に見えた。いぶかしげに眉《まゆ》をしかめたヤツの腕に、そっと手を触《ふ》れた。

何をやろうとしているのか、オレにはわからなかった。おそらくアサト自身にも、はっきりとしたことはわかっていなかったと思う。しかし次の瞬間、ヤツは悲鳴をあげて地面に膝《ひざ》をついた。学生服の黒い長袖《ながそで》の腕《うで》が、本来はまっすぐであるはずの箇所《かしょ》で曲がっていた。骨折が、アサトからヤツの腕へ移動したのだと気付いた。結局、彼はバットを振《ふ》りかぶり、自分の腕の骨を折ったというわけだ。

自分の所有する傷を、相手の体へ移動させることができる。

アサトに与《あた》えられた不思議な力に、さらにそういったルールがあることをはじめて知る。

痛がる中学生を見て、アサトは自分の行なったことに気付いた。目を大きく開いて立ちすくんだ。自分が相手に怪我《けが》をさせたということが、ショックだったらしい。

オレはアサトの手をひっぱってその場を離《はな》れた。そのままにしていたら、中学生の骨折をまた自分の体に移動させ、よけいな人助けをしてしまいかねない。

その時、頭に名案が浮《う》かんだ。

傷を相手に移動させることが可能なら、それを利用すればいい。アサトの体にある傷は、だれか他人《ひと》の体に捨てていけばいいのだ。それなら、体に傷が増えていくことはない。それにオレは、傷の『捨て場所』として、適任の体を知っている。親父《おやじ》のことだ。親父なら、じきに死ぬ。その上、あいつの体に傷ができようが、良心はいっこうに痛まないのだ。

オレらは、親父の入院している病院へ向かった。歩いて行ける距離《きょり》にある、大きな病院だった。病院の正面玄関脇《げんかんわき》に、ラッパを吹《ふ》く少年のブロンズ像がある。その足下《あしもと》には小鳥が集まり、まるで少年を慕《した》っているかのように見える。その像が、どことなくアサトに似ていて、そのことを言うと彼は恥《は》ずかしそうにしていた。

肉親のくせに、オレは病室を知らなかった。訪ねるのははじめてだったのだ。

看護婦に親父の名前を言って、病室を探し当てた。入り口の前まできて、中に入るのをためらった。親父が今にも長い腕を振り上げてオレをしかるんじゃないかと思い、足がすくんで動かなかった。

入り口からそっと中をのぞくと、チューブのつながった親父が布団《ふとん》をかぶって眠《ねむ》っていた。医者の話では、もう目覚めないかもしれないそうで、ぜひそうなればいいと思っていた。

「あとは、アサトだけ行ってきてくれ」

オレは入り口から見守るだけにした。他人の体に傷を移動させるというその仕事を、アサトがちゃんとやってくるのか心配していた。まったくの他人が怪我した時さえ、彼はしくしくと泣き出すのだ。しかしそれは杞憂《きゆう》だった。

彼だけが病室に入り、眠っている親父にそっと触《ふ》れる。アサトの体にあるすべての傷が移動するのには、ほんの一瞬《いっしゅん》で充分《じゅうぶん》なのだ。

傷の捨て場所を得たオレらは、思う存分、いろいろな人の傷を治療《ちりょう》した。一生治らない傷跡《きずあと》を持った人間は、病院に大勢いた。そういう者たちに声をかけ、秘密を守れることを誓《ちか》わせる。それからアサトが手を触れるのだ。

声をかける相手は、子供に限定した。大人《おとな》は話を信じてくれない上に、秘密をさほど重んじない。

最初のうち半信半疑だったやつらも、気になっていた手術の跡《あと》や、火傷《やけど》のひきつれが消え去ると、驚《おどろ》き、喜んだ。そしてほんのささやかなお小遣《こづか》いをくれた。

だれかの傷を自分の体へ移動させることに、アサトは抵抗《ていこう》を感じないようだった。だれかの体に傷があるくらいなら、自分の体にあった方がいいと考えているらしい。だれかが痛がっているのを見て、その本人よりも痛そうな顔をする。

病気を移動させることはできなかった。病気で苦しんでいる人を前にして、アサトは何もできずに落ち込んだ。

オレらは感謝された。そうして得たささやかな報酬《ほうしゅう》は、アイスクリーム屋や、お菓子《かし》屋などで使われた。

そして、シホと毎日、話をした。アサトが笑顔を許すのは、特殊《とくしゅ》学級のみんなとオレ、そしてシホだけだった。

夕方、シホのバイトが終わるのを待って、三人で例の汚《きたな》い公園に行った。ブランコに乗ったアサトを、シホが後ろから押《お》してゆらす。もう十一歳だったので、オレは彼女と手をつないだりしなかったが、アサトは気にせずくっついていた。シホの腕《うで》にしがみつき、ぶらさがった。彼も十一歳だったが、体も心も十歳に満たず、違和感《いわかん》がなかった。

三人でよく、他愛《たわい》の無いことを話した。例えば、今までについた嘘《うそ》の中で、一番ひどい嘘はなんだったか。一番まずい料理はなんだったか。そして、理想の死に方は、どんな死に方か。

「私は海で、だれかと心中したいよ」と、シホは答えた。

オレは、だれもいない駅のホームで、ベンチに寝転《ねころ》がり、寂《さび》しく死んでいくのが理想だった。

「ぼくは……」アサトの言葉は尻《しり》すぼみに小さくなり、そのまま消えた。

しだいに暗くなっていく空を見上げた。

シホには以前、アサトに似た弟がいたそうだが、火事で亡《な》くしていた。それで、よく彼を可《か》愛《わい》がったが、あいかわらずマスクを外そうとはしなかった。

公園からの帰り道、オレらは曲がり角で別々の方角に別れていく。そこの街灯の下で、オレは彼女に言ってみた。

「シホの顔が見たいよ」

彼女はうなずくと、マスクに指を引っ掛《か》け、いったんは外そうとした。しかし、少し肩《かた》を震《ふる》わせると、ごめんなさい、と断った。

その時、アサトが彼女の手に触《ふ》れようとしたので、引き止めた。とっさに彼が何をしようとしたのか、すぐに理解できた。シホの火傷《やけど》を自分の顔に移動させようとしたのだ。

しかしそうすることは、もうしばらくの間、だめなのだ。

それまでシホの火傷を移動させようと言い出せなかったのは、火傷のある位置が顔だったからだ。傷は、移動する前と同じ場所に現れる。移動させる際、自由に場所を決めることができればかんたんなのだが、残念ながらそうではないらしい。

親父《おやじ》の体に傷を捨てるのは大丈夫《だいじょうぶ》。あいつは首まで布団《ふとん》をかぶっているから、体の傷は気付かれないだろう。しかし、首から上は外に出ている。顔の傷をあいつに捨てると、すぐにばれてしまう。アサトの能力と、傷の捨て場所については、大人《おとな》には秘密にしたかった。だから、彼女の火傷を治療《ちりょう》するためには、丁度いい傷の捨て場所を探してからにしたかった。

シホにはアサトの力のことを話していなかったので、街灯の下でのオレらの無言のやり取りを理解できなかった。でも、近々、彼女には話をしようと思った。

3

アサトが暮らしているという親戚《しんせき》の家を訪ねた。その日、彼は風邪《かぜ》をひいて学校を休んでいた。

「アサトくんの家に行って、このプリントを渡《わた》してきてくれないかしら」

帰り際《ぎわ》、教室を出ようとするオレを先生が引きとめて言った。そのプリントは、三週間後に控《ひか》えた授業参観の出欠を確認する紙だった。

特殊《とくしゅ》学級での授業参観は、普通《ふつう》のクラスでのものと少し意味が違《ちが》っていた。オレは、以前、先生に尋《たず》ねたことがある。

「みんなほとんど勉強ができないのに、どうして授業参観なんかするんだよ。親に見せる必要ないじゃないか」

先生は意見箱に入っていた手紙を読みながら、オレに答えを返す。意見箱とは教室の後ろに設置した箱で、生徒は思ったことや感じたことを、毎日紙に書いて、これに投函《とうかん》する。字が書けない子には、書ける子が代わりに書いてあげた。

「問題を抱《かか》えた子供が、教室でどれくらいがんばっているのかを見せたいの。勉強ができなくたっていいのよ。普通《ふつう》の子たちに混じれなかった子供が、教室で一生懸命《いっしょうけんめい》に手をあげていたら嬉《うれ》しいでしょう？」

彼女が言うには、問題のある子供を育てるのには困難が付きまとうらしい。繰《く》り返し教えてもトイレができなかったり、わめくのをやめなかったりする。その度《たび》に感じる絶望の中で、子供たちが教室で暮らしている場面は救いになるのだそうだ。

「でも、先生、オレやアサトの家からは、きっとだれも来ないよ」

オレがそう言うと、先生は悲しそうな顔をし、何も言えないようだった。

オレはプリントを持ってアサトの家へ向かった。実際には、一度もアサトの家へ行ったことはない。場所は知っていたし、家の前を通ったこともある。けれど、アサトはオレを家にあげたくないようだった。理由は聞かなかった。

先生から渡《わた》されたプリントを持って、チャイムを鳴らす。普通の民家だ。表札は出ていたが、アサトの名字とは違《ちが》っている。玄関《げんかん》の扉《とびら》が開くと、おばさんが出てきた。オレの顔を見ると、首を傾《かし》げる。

「あなたは？」

「アサトくんの友達です。プリントを持ってきました」

彼女はなっとくしたように頷《うなず》くと、オレを招き入れた。アサトのことを思い出し、入っていいものか躊躇《ちゅうちょ》したが、オレは玄関にあがった。

そこでは一般《いっぱん》的な家族が暮らしていた。居間にはソファーとテレビがあり、冷房《れいぼう》がきいていた。アサトは二階の一室にいた。殺風景な部屋《へや》で、ベッドに入っていた。眠《ねむ》っていたわけではないらしい。部屋に入ってきたのがオレだとわかると、アサトは少し戸惑《とまど》いながらも、嬉しそうな声を出した。

「きてくれたの!?」

その家には、中学生と小学生の兄妹がいた。部屋の外から、階段を駆《か》け上がる子供の足音が聞こえてきた。

その日に学校であったことや、先生の言ったことを、アサトに喋《しゃべ》っていた。すると部屋の扉が開き、おばさんが現れた。

「あなたも夕飯、食べてく?」

オレの伯父《おじ》夫婦のことだから、どうせ家に戻《もど》ってもろくな食事はないはずだった。だから、その申し出を受けた。

「アサトくんは、一階まで下りてこれる?」

「はい」

「お友達がくるってわかったら、やっぱり体を拭《ふ》いていた方が良かったでしょう?」

おばさんは勝ち誇《ほこ》ったようにアサトに言った。彼女はオレを見て説明する。

「体の汗《あせ》を濡《ぬ》れたタオルで拭いてあげようとしたけど、この子、いやがって絶対に服を脱《ぬ》がないの。どうしたのかしらね」

　おばさんが部屋《へや》を出る。

「おまえ、風邪《かぜ》で寝《ね》こむ前にだれかの傷を引きうけたんだな？」

　アサトは少し考えてから、オレの質問に頷《うなず》く。体へ移動させた傷跡《きずあと》が、まだアサトの体には残っているのだ。だから服を脱《ぬ》がされることをいやがったのだろう。

　食卓《しょくたく》に、アサトと並んで座る。その家にいる他の者たちは、みんなすでに食事を済ませていたらしい。テーブルについたのはオレらだけだった。

　その家の中で、アサトだけが妙《みょう》に異質な感じだった。他の家族は、家の中にオレらがいることなどまるで気付いていないように振《ふ》る舞《ま》った。

　アサトは家族のだれとも口をきかず、また、その家族の方でもあえて彼に話しかけたりはしない。その様を見ていると、彼がインクの染みのように見えてくる。明るい風景の水彩画《すいさいが》に、一滴《ひとしずく》、落ちてしまった黒い染み。まわりから拒絶《きょぜつ》されて、浮《う》いている。

「この子は大変なめにあったんだから。あなた、知ってる？」

　おばさんがオレの正面に座った。家事が一段落したらしい。オレの隣《となり》で、アサトが肩《かた》を震《ふる》わせたのに気付いた。

「大変なめ？」

「ええ、そう。あら、知らなかったのね？　手術をして、生死の境をくぐり抜《ぬ》けたのよ。お母さんに包丁で刺《さ》されてね」

おばさんはその話を、まるで世間話でもするように語った。それは、とある主婦が夫を刺し殺し、息子《むすこ》の命まで奪《うば》おうとした事件の物語だった。

オレの隣にはアサトがいた。それでも、彼女の話は続いた。それがいかに陰惨《いんさん》なことだったかを話した。それから、アサトの母親が普段《ふだん》は普通の主婦だったということもオレに説明した。

オレは彼女の襟首《えりくび》をつかみ、もう二度とその話をするなと、怖《こわ》い声で伝えた。


半ば追い出されるように、その家を出た。アサトの両親のことを考えながら、伯父《おじ》夫婦のいる家へ戻《もど》る。辺りは暗く、街灯もまばらにしかなかった。経営者の逃《に》げた借金だらけの町工場があり、その裏路地を抜ける。何日も前からその路地には、犬の死体が転がっていたが、だれも掃除《そうじ》しようとはしなかった。空に星はなく、ただ湿《しめ》った風がドブ川の臭《にお》いを運んでいた。

いつのまにか、親父《おやじ》のことを考えていた。傷を捨てに、あいつの入院する病院へ何度も通った。病院で眠《ねむ》っている親父には、半径三メートル以内に近寄らないようにしていた。

だれかの怪我《けが》を引き受けたアサトは、痛がりながら病室へ入り、布団《ふとん》から出ているあいつの頬《ほお》を触《さわ》る。病室を出る時は、もう痛みを訴《うった》えない。苦痛も、治りかけの傷も、すべて、深い眠りの中にいる親父の体へ移動しているのだ。

親父はみんなから嫌《きら》われていた。よく物を壊《こわ》したし、乱暴をした。その上、泣き出して、もう生きられないと弱音を吐《は》きながら酒を飲んだ。だれも近寄る人間はいなかった。早く死ねばいいのに、と、だれもが口にした。

オレは勉強ができず、何の取《と》り柄《え》もなく、親父《おやじ》がそんな風だから、意地の悪いやつにちょっかいをかけられた。そういうやつに出くわすと喧嘩《けんか》になったが、絶対にオレは泣かなかった。母さんが出て行った日も、もちろん泣くのをがまんして夜をすごした。でも、いろいろなやつから嫌《きら》われていた。先生からも、生徒からも、生徒の親からも。

不幸の根源は、すべてあいつにある。オレはずっと親父を憎《にく》み続けていた。

でも、母さんやオレを怒鳴《どな》るようになる前の、まだ優しかった親父を、少しだけ覚えている。それはまだ会社に勤めている時のこと、あいつはオレの頭をなでた。たしか、あいつが犬小屋を作っていて、それをそばで見ていたのだ。おかしなことに、犬を飼っていたことなどまったく記憶《きおく》にない。それは以前に住んでいた家の風景で、庭に絨毯《じゅうたん》のように緑色の芝《しば》が生えていた。親父が鋸《のこぎり》で板を切り、木の屑《くず》にまみれながら、オレと犬に笑いかける。やっぱり、犬のことは覚えていない。

もしかするとそれは、想像で作り出した勝手な幻想《げんそう》なのだろうか。そう考えると、残念な気持ちになる。オレは目を開けたまま夢を見ていて、それが過去にあったできごとだと自分に言い聞かせているのではないか。今、住んでいる家や、乱暴な親父の姿を思い出すと、そんな時間は存在しなかったとしか思えない。もしそうなら、それはひどく憂鬱《ゆううつ》なことなのだ。

オレは暗闇《くらやみ》の中、背中の、かつて痣《あざ》があったところを触《さわ》る。なぜなのかわからないけど、そうしていると、オレは悲しくなった。

親父にアイロンを投げつけられて、できた痣。それはアサトの体に移動し、今は親父自身の体にある。


その日、バイトを終わらせたシホは、ひどく落ち込んでいた。いつもの公園で、錆《さび》だらけのブランコに座り込むと、マスクをした顔をうなだれさせた。理由を尋《たず》ねたが、ほとんど何も言わなかった。

「世の中には、あなたたちに想像もできないほどの、ひどいことがあるのよ」

彼女は悲しげに目を細め、ただそれだけを口にすると、アサトの柔《やわ》らかい髪《かみ》の毛をそっとなでた。

シホの言ったことが、叫《さけ》び声をあげたいくらい恐《おそ》ろしかった。

アサトは、彼女を元気づけるように振《ふ》る舞《ま》い、傷を移動させる力のことを説明した。最初は冗談半分《じょうだんはんぶん》で聞いていた彼女も、実際に古傷が移動するのを見て驚《おどろ》いた。

「シホの火傷《やけど》も、移動させることができるんだよ」

アサトが言うと、彼女は顔を輝《かがや》かせた。

「おねがい、三日間だけでいい。わたしの顔の火傷を、吸い取って。普《ふ》通《つう》に顔を見せて道を歩いてみたかったんだ」

三日がたったら、また火傷《やけど》は引き受ける。あくまでも、『預けておく』だけだと。そんな彼女の申し出に、アサトはうなずいた。

ブランコに座ったシホとアサトの目線は同じ高さにある。マスクの横から、そっと頰《ほお》に触《さわ》ると、肉の焦《こ》げる臭《にお》いがした。次の瞬間《しゅんかん》、アサトの顔、下半分に醜《みにく》い火傷ができあがっていた。シホはショックを受けた表情で目の前にある少年の顔を眺《なが》め、ゆっくりマスクを外した。美しい顔をしていた。

火傷を引き受けたアサトの顔を、オレは正視できなかった。しかし、彼がシホの苦しみをたった三日間だけでも引き受けることに、誇《ほこ》らしさを感じているのがわかった。彼はとにかく、喜んでいるシホの顔が見たかったのだ。

三日が経過した。しかしアサトの火傷は顔にあり続けた。シホは町から姿を消したまま、二度と現れなかった。


アサトは美しい顔だったので、いろいろな人からけっこうかわいがられていたが、シホの火傷を引き受けてから、みんなに避《さ》けられることが多くなった。一生ものの傷を治療《ちりょう》してもらったやつでさえ、感謝していたのが嘘《うそ》のように、彼を見ないよう顔を背《そむ》けた。しかたなくオレは、アサトの顔にマスクをかけさせた。シホがそうしていたように、耐《た》えられないほどの醜い傷を

覆《おお》い隠《かく》して安心したのだ。
アサトを引き取った親戚《しんせき》は、突然《とつぜん》、顔にできた火傷のことをどう思っているのだろう。彼に尋《たず》ねたが、何も答えなかった。
夕方の太陽が沈《しず》みかけるころ、オレらは先生に挨拶《あいさつ》をして家に向かっていた。赤く染まった空、木や建物は影《かげ》のためによりいっそう黒くなり、まるで影絵のようだった。街灯がともり、生暖かい空気に不思議と気分を落ち着かなくさせる雰囲気《ふんいき》が混じる。
いつもなら何気なく素通りする家の前で、ふとアサトは足を止めた。どんな家族が住んでいるのかも知らない、どこにでもある民家の一つだった。

その家の窓は明るく、すりガラスの向こうから夕食を用意する気配がした。食器の触《ふ》れ合う音に、幼い子供の笑い声。換気扇《かんきせん》から美味《おい》しそうな匂《にお》いが漂《ただよ》い、オレの肺が母さんのことを思い出す。

アサトが静かに泣き出した。

「ねえ、お母さんはぼくがいらなかったのかな……」

この場所は危険だと思い、彼の手を引っ張って歩いた。

「やめろよ、なんでそんなこと言うんだよ。おまえの母さん、刑務所《けいむしょ》を出たら、またいっしょに暮らすんだろう？」

「なんでシホは戻《もど》ってこないの？」

「しょうがないのさ、耐《た》えられなかったんだよ」

アサトを見ると、オレがそばにいることなど忘れてしまったように、ほうけた表情をしていた。ずっと遠くを見ているような目で、ぽつりと言った。

「なぜこんなに、生きるってことは苦しいの……？」

次第《しだい》に暗さが増していく中、オレは何も言わずに、ただアサトの手を握《にぎ》っていた。頭の中で、アサトのつぶやいた言葉が繰《く》り返された。

家に戻ると、伯父《おじ》夫婦が段ボール箱をオレに持たせた。全部、親父《おやじ》の荷物だった。もういらない物だから捨ててこい、と伯父が命令した。箱は重く、オレは何度も下におろして休憩《きゅうけい》をとり、ゴミ捨て場へ向かった。

ゴミ捨て場と言っても、ただ雑草が生《お》い茂《しげ》る空き地に、大きな穴を掘《ほ》っただけである。だれかが回収してくれるというわけではなく、ただ生活のじゃまにならないところにいらないものを寄せ集めているだけだ。穴の底には大量のゴミが敷《し》き詰《つ》められている。辺りは異様な臭《にお》いに包まれ、小さな虫の一群がオレの耳や首筋にはりつこうとする。

穴の縁《ふち》に立ち、持っていた箱を逆さにする。中身がガラガラと落ちていく。親父がよく着ていた服や、古ぼけた靴《くつ》が穴に吸い込まれる。見慣れない何か小さなものが、穴の途中《とちゅう》で引っ掛《か》かった。少し気になったものの、オレはその場を離《はな》れて小さな虫の大群から退散した。

家へ戻り布団《ふとん》に入った時、親父の持ち物を捨てたことが心に重くのしかかってきた。長い時間、眠《ねむ》ることができず、風の吹《ふ》く音をただ聞いていた。

次の日、アサトといっしょに、親父の入院している病院へ向かった。朝から天気が悪く、工場の煙《けむり》のように黒い雲が空に広がっていた。家を出るときに伯父が聞いていたラジオは、午後から大雨になると告げていた。

アサトはあいかわらず元気がなかった。その日も長袖《ながそで》、長ズボンを身にまとい、肌《はだ》の露出《ろしゅつ》を避《さ》けるような格好だった。小さな彼の顔をすっぽり覆《おお》うように、巨大《きょだい》なマスクが火傷《やけど》を隠《かく》していた。

病院の正面玄関《げんかん》にあるブロンズ像から少し離《はな》れると、緩《ゆる》やかな傾斜《けいしゃ》を持った坂がある。植え込みのスロープに沿って坂を上ると、救急車の止まるスペースがあった。そこは急患《きゅうかん》が運ばれてこないかぎり人のこない場所らしく、話をするのにちょうどよかった。

植え込みに座り、アサトに言った。

「おまえの顔にある火傷《やけど》、親父《おやじ》に移動させよう」

オレは、早急にアサトの顔をなんとかしたかった。そのためには、親父に移動させるしかないのだ。突然《とつぜん》、あいつの顔に発生した火傷を、みんな不思議がるかもしれないが、オレらは知らないふりをすればいい。

「でも……」

アサトは困惑《こんわく》していた。その様子を見ていると、オレまでどうすればいいのかわからなくなる。目をそらして、オレは言い聞かせる。

「それしか方法はないだろ！　その火傷を、おまえはどこかへ追い出さなくちゃいけない、だれかになすりつけないといけないんだ！　オレらは、もうこれ以上損をしちゃいけないんだよ！」

アサトの手を引いて、病院の廊下《ろうか》を歩く。その間、オレらは一言も口をきかなかった。

エレベーターの中で、医者らしい白衣を着た男の人と一緒《いっしょ》になった。上の階で患者《かんじゃ》の容態が変化したのか、妙《みょう》にそわそわしていた。上に到着《とうちゃく》するまでの短い時間の中、オレは親父のことを考えていた。

たとえ元気だったとしても、授業参観には来ないだろう。先生は、子供が学校でちゃんと生活している場面を親に見せたいのだと言った。けれど、オレやアサトが暮らしているところを、この世界にいるだれが見たがるものだろうか。授業参観は数日後だったが、アサトのおばさんは欠席するという話を聞いた。

オレらが生まれてきて、この町で暮らし、学校に通っているということなんて、だれにとってもどうでもいいことなのだ。

エレベーターの扉《とびら》が開く。親父の入院している階だった。同乗していた医者が駆《か》け出した。廊下を見ると、ある病室の前で、看護婦が医者を手招きしている。オレはある予感がした。医者の入っていった病室は、親父がいるはずの部屋《へや》だった。

病室の入り口から、中を見る。看護婦や医者がオレの顔を振《ふ》り返った。彼らは、親父のベッドを囲んでいた。

「きみは……？」

医者の言葉を無視して、病室へ足を踏《ふ》み入れた。はじめてそばに近寄って、親父の顔を見た。そいつは、オレが見たこともないくらいやつれていた。頬《ほお》がげっそりやせていた。

オレの知らない親父がそこにいた。

それまでの怒《いか》りや憎《にく》しみが静かに溶《と》けていく。親父《おやじ》が死んだのだということを、オレは知った。

わけのわからない衝動《しょうどう》が胸をつきあげて狼狽《ろうばい》した。だれにも悲しまれずに消えてしまう親父が、かわいそうでしかたなかった。

生前、こいつはろくなやつじゃなかった。オレの人生はこいつのおかげで目茶苦茶にされた。でも、生きられないと泣きながら酒を飲んでいた親父が哀《あわ》れで、ここでオレが見捨てたら、こいつのそばには本当にだれもいなくなるのだと感じた。

息子《むすこ》だけでも、そいつのことを悲しもうと思った。親父の亡骸《なきがら》に抱《だ》き付いて泣いた。憎んでいたはずなのに心が痛かった。

そばにいたアサトに、オレは言った。

「今まで親父の体に移動させた傷を、全部、オレの体に移してくれ……」

彼の力を使えば、それは可能だった。親父を傷だらけの姿で死なせてはならない気がした。

アサトは病室の入り口で、困惑《こんわく》したように立ちすくんでいた。

「ごめん、それは、できないよ……」

首を横に振《ふ》り、アサトは走り去った。

親父に脈がないのを確認したのだろう。腕《うで》が布団《ふとん》の上に出ていた。それを目にしたとき、アサトが走り去った理由に気付く。

親父の腕は、綺麗《きれい》だった。傷がひとつもない。アサトが今まで多くの傷を移動させたはずなのに、それらが見当たらなかった。

布団をはぎ、親父の寝間着《ねまき》をはだけさせる。腹にあるはずの、話に聞いていた手術の跡《あと》さえ、綺麗に消えていた。

オレはアサトを追いかけた。その瞬間《しゅんかん》まで、オレはアサトの演技にだまされていたのだ。彼はいつも長袖《ながそで》、長ズボンに身を包んでいたし、オレは興味半分でアサトの体の傷を見たがったりもしなかった。だから長い間、オレは勘違《かんちが》いしていた。

アサトは最初から、オレの親父に傷を移動させたりはしていなかったのだ。病院へ来て、傷を捨てていくふりをしていながら、みんなの傷や怪我《けが》を自分の体に閉じ込めていたのだ。痛みも、苦痛も、何もかもすべて……。

4

病院の正面玄関《げんかん》、ラッパを吹《ふ》く少年のブロンズ像の前にアサトはいた。彼は、ギプスを腕に巻いた同い年くらいの少女に手を触《ふ》れている最中《さなか》だった。少女の傷をひきうけると、ぽきん、という軽い音が鳴るとともに、彼の腕が奇妙《きみよう》にねじれる。澄《す》んだ目は骨折の激痛を少しも気にせず、静かな水面のようだった。

少女は気味悪そうにアサトを振《ふ》り返りながら、去っていった。自分の身に奇跡《きせき》が起こったことを、彼女はいつごろ知るだろうか。

頰《ほお》に一滴《ひとしずく》、冷たいものを感じた。乾《かわ》いた石畳《いしだたみ》に、さっと雨粒《あまつぶ》の点が広がっていく。まわりにはだれもいなかった。オレと、アサトだけ。

彼は疲れたように、少年の像に寄り掛《か》かった。呼吸が荒《あら》い。マスクを取り外し、深く息を吸った。彼の顔には、あいかわらずシホから受け継《つ》いだ火傷《やけど》があり、醜《みにく》くひきつれていた。しかし今は、それだけではなかった。他にも無数の傷と腫《は》れが、アサトの顔を覆《おお》っていた。目を逸《そ》らしたくなるのを、オレは我慢《がまん》した。

親父《おやじ》の病室からここへ来るまでの間、異様な光景が展開されていた。怪我《けが》を治療《ちりよう》するために病院へ来ていた幾人《いくにん》もの患者《かんじや》が、突然《とつぜん》、痛がるのを止め、いつの間にかふさがっている傷口を不思議そうに見ていた。もう消えないと思われていたひどい傷跡《きずあと》が消滅《しようめつ》し、喜んでいる女の子がいた。小さな子供の青痣《あおあざ》が消えているのを知り、ほっとした顔の母親に出会った。みんなうれしそうな表情を浮《う》かべ、そのそばを通った傷だらけの少年には気付いていなかった。アサトは、病院の中にいたあらゆる怪我人に手を触《ふ》れ、傷を無差別に引き受けていたのだ。

ブロンズ像に寄り掛かりながら、彼は目を閉じた。ひどい腫れのため完全にまぶたは閉じられなかった。

「なぜ、こんなことするんだよ」

オレは、アサトの体に傷が増えてほしくなかった。

「だれかが痛がって苦しむくらいなら、この方がいいよ」少し躊躇《ちゅうちょ》して、彼は続けた。「きっとぼくは、いらない子なんだ……」

「なに言ってるんだよ……」

「……これを見て」

雨の降る中で、アサトは上着を脱《ぬ》いだ。彼の体は、壮絶《そうぜつ》だった。無数の傷跡と痣、縫合《ほうごう》の跡と変色した皮膚《ひふ》のため、人間のもののように見えなかった。黒ずんだところと赤や青の部分がまだらになっていた。世界中の苦しみが凝縮《ぎょうしゅく》された塊《かたまり》のように見える。耳をすますと、彼の全身から無数の悲鳴が聞こえる。禍々《まがまが》しい、と感じた。

彼の腹にはひときわ目立つ、恐《おそ》ろしく長い傷跡があった。他の、びっしりと表面を覆う傷に比べて、ひときわ大きな傷だ。アサトはそれを指差した。

「お母さんが、お父さんを殺した夜……」眉《まゆ》を寄せて、苦しそうに話した。雨が彼の柔《やわ》らかい髪《かみ》の毛を濡《ぬ》らす。「布団《ふとん》で眠《ねむ》っているぼくを、お母さんはやさしく揺《ゆ》り起こしたんだ。お母さん、手に包丁を持っていて、それで……」

オレはおばさんの話を思い出す。アサトは母親に刺《さ》され、殺されかけたのだ。大きな傷はそのときにつけられたものだったのだ。それを隠《かく》そうとする意識のためか、いつも長袖《ながそで》の服を着て、肌《はだ》を見せたがらなかったのだろう。

遠くから、救急車がサイレンを鳴らす音。それが不安をかきたてた。

彼の左手は神経が切れたかのように、ぶらぶらと揺《ゆ》れている。右手はその肘《ひじ》に当てられ、自分で自分を抱き締《だし》めるようにしていた。頭を横にふり、押《お》し殺すように泣いた。

「もうこれ以上、生きていたくないよ……」

その時、オレはアサトが自殺するつもりであることを悟《さと》った。だから死ぬ前に、少しでも多くの傷を自分の体に移動させたのだ。他人《ひと》の傷を癒《いや》し、その上、大勢の苦痛を肩代《かたが》わりしたまま死ぬつもりなのだ。

オレは必死に言葉をふりしぼった。

「アサト、おまえの母さんが、なぜおまえを殺そうとしたのかオレにはわからない。でも、母さんにも、事情があったんだよ。シホが戻《もど》ってこなかったように、オレの母さんが帰らなかったように、理由があったんだ。オレらはたまたまその日、運が悪かったのさ。おまえがいらない子なはず、ないだろう……?」

雨が次第《しだい》に強くなりはじめる。アサトは悲しそうな目でオレを見た。

救急車の音が次第に大きくなり、耳を劈《つんざ》くほどになる。視界の端《はし》に赤い明滅《めいめつ》が見え、救急車が病院に到着《とうちゃく》したのを知る。オレらの目の前を通りすぎ、急患《きゅうかん》を乗せた救急車が坂道を上がったところで停車する。

オレらは同時に、そちらを見た。緩《ゆる》やかなカーブを描《えが》いたスロープ、その先に白衣を着た大人《おとな》たちが待ち受けていた。回転灯の赤い光が、濡《ぬ》れた石畳《いしだたみ》に反射する。

アサトがよろよろと動きだした。オレに背中を向けて救急車の方へ歩く。きっと何人もの足の怪我《けが》を引き受けたのだろう。ほとんど普通《ふつう》に歩けないようだった。立っているのが限界のように見える。

裸《はだか》の背中にある痣《あざ》が目に入った。オレの親父《おやじ》が、アイロンを投げつけて作ったものだ。

一定の間隔《かんかく》で回転灯の光が視界を覆《おお》い、アサトの小さな体が影《かげ》になる。

「アサト！」

名前を呼んだ。アサトは救急車への歩みをやめなかった。オレは普通《ふつう》に歩けたから、追いかけるのは簡単だった。力任せに引き止めようと思い、彼の肩《かた》をつかんだ。

「ごめんね」

すまなそうにアサトが謝《あやま》る。その瞬間《しゅんかん》、オレの両足に激痛が宿り、転んだ。立っていられない痛み。たった今まで、彼の足に取り付いていた恐《おそ》ろしい濃度《のうど》の苦痛。

アサトはもう、普通に歩けた。普段《ふだん》なら絶対、だれかに傷を負わせることはしなかった。彼の決意を知り、それが足の痛みよりもオレをぞっとさせた。

雨粒《あまつぶ》の跳《は》ねる石畳《いしだたみ》に倒《たお》れたまま、スロープの先を見上げた。救急車から担架《たんか》が運びだされる。そこには、交通事故にあったらしい少年が乗せられていた。大量の血にまみれた少年は、もう死んでいるんじゃないかと思えた。

アサトがその子に近付いていく。何をするつもりかはわかった。ぼろぼろの体の今、その少年の傷を引き受ければ、間違《まちが》いなく死ねる気がした。

「……やめろ！」

オレは腕《うで》で這《は》い進みながら叫《さけ》んだ。担架を運ぼうとしていた大人《おとな》たちが、何事かと振《ふ》り返る。その時はすでに、アサトは彼らのそばまで近寄っていた。

彼が血だらけの少年に、そっと触《ふ》れた。優しげなまなざしだった。

瞬間、体がつぶされたようにゆがむ。無数の小枝が踏《ふ》みつぶされるような骨折の音、雨音に混じってオレの耳に聞こえた。

絶叫《ぜっきょう》に近い声をオレはあげた。アサトがボロ布《きれ》のように倒れた。

両足の痛みを無視して、動かないアサトのもとへ歩いた。頭の奥《おく》が麻痺《まひ》したように、痛みは感じなかった。

まわりの大人たちは何が起きたのか理解できていなかった。上半身がはだかで傷だらけの倒れた少年を、遠巻きに見ていた。

そばにひざをつき、彼を抱《だ》き上げると、恐ろしく細い肩だった。こんなに小さな体で、いったい何人分の苦痛に耐《た》えてきたのだろうかと泣きたくなった。

「アサト……？」

オレが名前を呼ぶと、かろうじて彼は目を開けた。それは今にも消えそうな、弱々しい仕草

だった。

その小さな手を握《にぎ》り締《し》めた。

「二で割ってはんぶんこ、覚えているか。おまえの背負っている傷を、半分、オレに移動させろ。そうすれば、傷の深さは半分。痛みも半分だ……」

アサトの頭を抱きしめ、オレは懇願《こんがん》するように言った。

アサトの傷ついた目は、オレを見ていた。体から大量の血液が流れている。降り続く雨に地面は濡《ぬ》れており、その赤色がすじになって流れていく。

オレらはひどいめにあった。不幸なことを避《さ》ける力は、オレらになかった。でも、それはきっとアサトの母さんも同じだった。なぜ殺そうとしたのかわからない。でも、きっとみんな、同じように、苦しいことに耐《た》えられなくて、そうしてしまった。そんなこと、あってはいけないはずだけど、どうしても耐えられなかったのだ。

だれも傷つかない世界が、早くやってくるといい。オレは祈《いの》るように目を閉じた……。

5

「訳を話してはくれないの?」

見舞《みま》いにきた特殊《とくしゅ》学級の先生が言った。

「言っても信じないよ。それに、あいつとの秘密なんだ……」

オレは答えた。

病院のベッドで目覚めた時、五日が経過していた。体中に包帯がまかれており、いたるところギプスで固定されていた。立ち上がろうとしても筋肉が動かず、看護婦が慌《あわ》ててオレをベッドに押《お》しつけた。

「伯父《おじ》さんや伯母《おば》さんはお見舞いにきてくれた?」

「あ、うん。一応、きてくれたよ。本当にびっくりした。先生の方こそ、授業参観はどうだったの？　うまくいった？」

彼女は頷《うなず》いた。

当初、医者が興味深げに傷を調べ、看護婦たちが好奇心《こうきしん》といたわりの混じった目をしてオレを見た。一度、警察が事情をたずねに来た。しかし、事件らしいことは何もないと判断して帰っていった。

「クラスのみんなが、寂《さび》しがっていたわ。はやく戻《もど》ってきてね」

「ウソつかないでよ。オレのせいで寂しがっていたなんて、あるわけないよ」

先生は驚《おどろ》いた顔をした。

「あら、本当よ。あなたはみんなの世話をよくしてくれているじゃない。みんながあなたを慕《した》っているわ」

先生は立ち上がり、帰り支度《じたく》をはじめた。

「それじゃあ、アサトくんによろしくね」

オレは隣《となり》のベッドを見る。そこでは、洗濯《せんたく》された真っ白な布団《ふとん》に包まれてアサトが眠《ねむ》っていた。

幸いに右手は動いた。左腕《ひだりうで》はギプスをされていたが、指先は出ている。それでなんとか木の塊《かたまり》を持つことができた。ナイフで木を削《けず》り、まだ途中《とちゅう》だった犬の置物を彫《ほ》る。長い間ほったらかしにしていたが、ふと思い出し、完成させることにした。木の屑《くず》がベッドの上に散らかる。窓から入る風に舞《ま》い上がり、看護婦が散らかりようを見て溜《た》め息《いき》を吐《つ》く。手に力が入らず、仕事は遅々《ちち》として進まない。それでもゆっくりと、長い時間をかけて木を削《けず》る。

犬の彫刻《ちょうこく》が完成した日、気になることを思い出した。医者からはまだじっとしているように言われていたが、その頃《ころ》はなんとか動けるまでに回復していた。

「オレ、ちょっと出かけてくる」

隣《となり》のベッドにいるアサトへ声をかけた。

「え、ぼくも行く！」

「バカ言え、おまえは寝《ね》てろ」

廊下《ろうか》に看護婦がいないことを確認する。オレは一人で病院を抜《ぬ》け出した。なんとか動けると言っても、松葉杖《まつばづえ》が必要だった。歩くたびに痛みが走り、汗《あせ》が額を伝う。

ゴミ捨て場に到着《とうちゃく》した時、すでに空は赤かった。親父《おやじ》の荷物を捨てた辺り、穴の縁《ふち》に、それはまだ引っ掛《か》かっていた。腹ばいになり、手術の跡《あと》が痛むのを我慢《がまん》して手をのばす。なんとかつかむことができた。それが一体、何だったのか、ゴミを捨てた時ちらりと見て、気になっていた。犬の彫刻を見て、ふと思い出した。

苦労してつかんだ犬用の首輪を握《にぎ》り締《し》め、夜の気配が濃厚《のうこう》になるのをぼんやり眺《なが》めていた。親父の荷物の中にあった、ぼろぼろになった犬の首輪だ。

いったい、どんな犬を飼っていたのか、やはり思い出せない。しかし、まだちゃんとしていた頃の親父が、オレと犬のために犬小屋を作ってくれたのは、現実だったのだ。こうだったらいいのに、と想像しているうち、自分で勝手に作ってしまった過去ではなかったのだ。

病院へ戻《もど》ると、ひどくしかられた。

次の日、よく晴れていた。

アサトがどうしても病院の屋上へ行きたいと言い出したので、前日に引き続き病室を抜け出した。これで間違《まちが》いなく、悪ガキのレッテルを貼《は》られるだろうな、と看護婦の怒《おこ》った顔を想像した。

屋上への階段は薄暗《うすぐら》く、湿《しめ》っていた。オレらは松葉杖をつきながら、時間をかけてのぼった。それはひどくきつい作業になった。のぼりきった時には、オレらは二人とも汗だらけで、包帯もほとんどほどけかけていた。

明かり取りの窓は小さく、かろうじて目の前に、錆《さ》びた重い鉄の扉《とびら》が確認できる。オレは取っ手に手をかけた。

屋上への扉を開けると、ふいのまぶしさに目を細めた。そこは広々とした空間で、自分が走れる状態でないことを厭《いと》わしく思った。空は青く澄《す》み渡《わた》り、呼吸すると胸の中が純粋《じゅんすい》な喜びで膨《ふく》れる。洗濯《せんたく》されたシーツが大量に並んで干され、風にゆれながら白く輝《かがや》いている。はるか遠くまで見渡《みわた》せた。小学校や、シホのいたアイスクリーム屋。三人でよく遊んだ公園。

何もかも小さくて、自分がそこで生活しているのが嘘《うそ》みたいだった。

「わぁ！」

アサトが楽しげに周りを見回す。風が、彼のやわらかい前髪《まえがみ》をゆらしていく。病院の玄関《げんかん》、ブロンズ製の少年が見えた。

ゆるくなっていた包帯をほどいて、風にそよがせて遊んだ。気持ちがよくて、オレは上着を脱《ぬ》いだ。腹に、無数の傷跡《きずあと》にまじって、ひときわ大きな傷がある。かつて、アサトが母親からつけられた傷、今は半分の薄《うす》さになっていた。オレらは同じ箇所《かしょ》に、同じ手術を受け、同じ傷跡を分かち合った。

傷が移動した瞬間《しゅんかん》の激痛は、相当なものだった。しかしそれは、小さな体に凝集《ぎょうしゅう》されていた痛みの、たった半分でしかなかった。

「これをやるよ」

完成した犬の彫刻《ちょうこく》を差し出す。彼は一瞬《いっしゅん》、目を丸くして驚《おどろ》き、それを受け取った。鼻先に近付けて眺《なが》め、細い指で木の感触《かんしょく》を確かめ、うれしそうな顔を見せた後で、急に泣き出した。

なぜ、泣くのかをたずねた。

「わからないよ」目を赤くして、首を横に振《ふ》る。「でも、悲しくないのに涙《なみだ》が出るなんて」と、アサトは答えた。

なぜ、アサトにだけ、他人《ひと》の傷を移動させる能力がそなわったのだろう。穢《けが》れのない魂《たましい》にだ

け備わる、自己犠牲《ぎせい》の力なのだろうか。その能力は、彼を生かしもするし、殺しもする。でも、神様が彼を選んで能力を授《さず》けたというのは、納得できるものがあった。

「ありがとう」

オレがそう言うと、アサトは首をかしげた。

あの時、オレに傷を分けてくれてありがとう。礼を言うのは、オレの方だよ。以前おまえ、自分のことをいらない子だって言ったけど、本当にそれは違《ちが》うんだ。

母さんが家を出て行った時、オレは真っ暗な家で一人、世界はこういうふうにできているものだと思ったんだよ。人生はどこまで歩いてもそこは汚《きたな》い路地裏で、曲がり角を曲がるたび、野良犬《のらいぬ》の死体とドブ川の悪臭《あくしゅう》で気が狂《くる》いそうになる。だから、シホがいなくなった時も、ああまたか、と思ったんだ。

おまえを見ているうちに、世界がそんなにひどいもんじゃないってわかった。この町は見渡《みわた》すかぎり錆《さび》とガラクタに覆《おお》われていると思っていた。でも、そうじゃなかったんだ。おまえは唯一《ゆいいつ》、無垢《むく》だったよ。悪い人間だと思っていたやつの中に、少しでもいい部分があるように、神様はこの世界に、心の澄《す》み切ったおまえのようなやつを作ったんだ。

あまりに無垢だから、何度も人に裏切られ、傷ついて絶望するかもしれない。だけどこれだけは知っておいてほしい。おまえは、大勢の人間の救いなんだ。たんに、怪我《けが》を治してあげられるって意味じゃないんだぜ。おまえがいつも優しくて、他人《ひと》のことばかり考えているということが、はるかに多くの人間を暗闇《くらやみ》のような場所から救い上げるんだ。だからおまえが、いらない子なはずがないよ。おまえが死んだら、オレはきっと泣く。

半分になったとはいえ、オレらにはひどい傷跡《きずあと》が残っている。でも、それを誇《ほこ》りに思う。いつかこの傷跡を移動させて、消すことがあるかもしれない。だけど、この世界に痛みを分かち合うやつがいたのだということを、覚えていてほしい。

オレはポケットの中で、親父《おやじ》の残した犬の首輪を握《にぎ》り締《し》めた。遠く広がる町並みを眺《なが》め、どこかにいる母さんやシホのことに思いを馳《は》せる。この青空の下、幸せな日々を送っているといい。裏切られた怒《いか》りや悲しみなど微塵《みじん》もなく、そこにはただ懐《なつ》かしい人を偲《しの》ぶ穏《おだ》やかな気持ちが広がる。

つらいことは過ぎ去った、これから、だんだん良くなっていく、そう思えた。

華歌

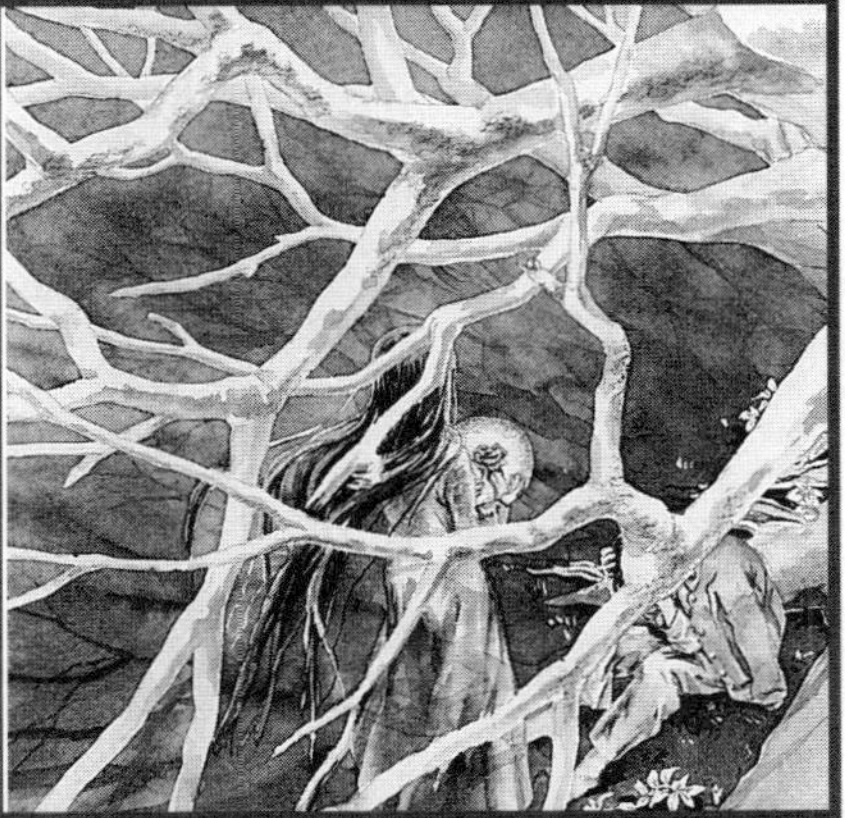

序

目を閉じていると、事故の起きた夜を思い出す。多くの命が奪《うば》われた事故である。耳に悲鳴が残っている。列車内の地獄《じごく》が瞼《まぶた》に焼き付いている。子供の名前を叫《さけ》ぶ母の声。強く圧迫《あっぱく》する座席の間から、私は見た。煙《けむり》の残っている車内、割れた窓から入る青い月光、子供の小さな足が一本、座席の間から真上に突《つ》き出ている。そのなんと白かったことか。

怪我《けが》はすぐに治療《ちりょう》できたが、胸の内に残る傷は癒《い》えるということを知らない。事故で生き残った多くは総合病院へ運ばれ治療を受けたが、私はこの病院に入れられた。

病院は巨大《きょだい》な棺《ひつぎ》、中で生かされているのは屍《しかばね》である。病室は四角い箱、木造の殺風景な檻《おり》である。ひきだしに体温計があり、定期的にそれで体温を計る。天井《てんじょう》から下がっている電灯は暗い。窓の木枠《きわく》が風で震《ふる》えると、薄《うす》い氷の如《ごと》きガラスが細かく鳴る。殺風景にして無音の空間である。

寝台《しんだい》から見上げる天井は、何人の暗い視線を受けとめたのか。黒ずんだ木目、それは絶望した患者《かんじゃ》の目に焼かれたものではないのか。胸の内に渦巻《うずま》く怒《いか》りと呪《のろ》い、そして苦しみに焦《こ》がされた跡《あと》ではないのか。病室の空気は悲しみと涙《なみだ》のために重く、呼吸するたびに肺は死の残り香《が》を感じるのだ。

少女に出会った朝も、精神状態は酷《ひど》いものであった。入院して一週間、まだ事故の傷跡が深く胸の内を抉《えぐ》っていた。はたしてだれが知るだろう。後にその少女を愛することになるだろうと。いや、まだその朝の段階では、それを少女と呼ぶことは間違《まちが》いであるのかもしれぬ……。

一

布団《ふとん》の中で目を覚まし、瞼を開ける。悪夢のために体中を汗《あせ》が湿《しめ》らせていた。強張《こわば》った手足、何かをつかもうとして固まったままの指。病室を包んでいる静寂《せいじゃく》、音は耳の裏側に響《ひび》く自分の心音のみである。寝台を軋《きし》ませて上半身を起こす。辺りを見まわすが、同室の入院患者二人は眠《ねむ》っていた。

明るくなりはじめた空、擦《す》りガラスを透《す》かして斜《なな》めに入る朝陽。窓を少し開けると、揺《ゆ》れる木の葉が見えた。それが風のため細かく震える。

四角く切り取った木製の窓枠《まどわく》、それが絵画の額縁《がくぶち》に思える。たとえ外を出歩き健《すこ》やかな自然の中に立とうと、心が太陽を感じることはないであろう。病室の寝台に縫《ぬ》いとめられた精神は、朝を知らずにただ暗闇《くらやみ》の中を過ごしている。現実にある窓の外の光、それは手の届かぬものである。

寝台《しんだい》から足を下ろすと、床板《ゆかいた》の冷たさを感じる。履物《はきもの》を突《つ》っ掛《か》け、顔を洗うために病室を出た。洗面所の水で顔の汗《あせ》を流し、鏡に映った酷《ひど》い顔を見る。

私は病室という空間が嫌《きら》いであった。だからすぐに部屋《へや》へ戻《もど》ることを躊躇《ためら》った。

裏庭の森を歩くことにする。その考えがなぜ浮《う》かんだのかはわからぬ。洗面所の鏡に、窓の外に広がっている鬱蒼《うっそう》とした雑木林が映っていた、それが理由であったのだろう。遠くから見るそこは、いかにも人間が滅多《めった》に立ち寄らぬ寂《さび》しい場所であった。私が求めていたのは、そのようなところであったのだ。

それまで、裏庭を歩いたことはなかった。寝間着《ねまき》姿で雑木林のそばに近寄ってみると、人間がひとり通れる程度の小道を発見する。先の方は薄暗《うすぐら》く、曲がっている。どこへ続いているのかわからぬ。

私は小道に入り、しばらく進んだ。両側は絡《から》み合う樹々《きぎ》である。道の表面は黒い土で、踏《ふ》み固められたようにつるつるであった。しかし樹の根が道の上まで伸《の》びており、凹凸《おうとつ》が激しい。転びそうになりながら歩く。

その場所を見つけたのは、軽い疲労《ひろう》を感じ始めたときである。小道が左へ緩《ゆる》やかに曲がるところに、突然《とつぜん》、開けた空間が現れた。小道の中で感じていた圧迫感《あっぱくかん》が消える。

雑木林がほぼ円形に切り取られた広場であった。中央に、他のものよりひときわ巨大《きょだい》な樹が生えていた。幹の太さも、枝の長さも、桁《けた》が違《ちが》う。しかし葉はない。立ち枯《が》れた裸《はだか》の巨木《きょぼく》である。表面は白く、石のようである。太い根が地面をつかむように這《は》っていた。その場所だけ開けているのは、他の樹々が巨木に圧倒《あっとう》され、近寄ることができないためという気がした。一抱《ひとかか》えもあるその根に腰《こし》をおろした。頭上を見る。樹は枝で空を侵食《しんしょく》するが如《ごと》く大腕《うで》を伸ばしている。

しばらく目を閉じてもの思いに沈《しず》んだ。恋人《こいびと》の冷たくなった指を思い出し、一瞬《いっしゅん》、呼吸ができなくなる。

不意に、だれかの足音。看護婦が小道を通り過ぎた。見知らぬ顔であったから、軽く頭を下げただけで通り過ぎる。彼女は驚《おどろ》いた顔で私の方を見ていた。この場所に患者《かんじゃ》がくるのは珍《めずら》しいことなのであろう。この病院は、特別な症状《しょうじょう》をのぞいて、患者がある程度散歩をすることを推奨《すいしょう》していた。そのため、敷地《しきち》内を自由に歩くことができた。しかし、ときどき規則を破って、遠出したまま夜になっても戻らないものもいる。その場合、医者たちは警察に患者の捜索《そうさく》を依《い》頼《らい》して騒《さわ》ぎがおこる。入院患者が病棟《びょうとう》から離《はな》れるのを警戒《けいかい》するものもいた。

病室へ戻ろうと立ち上がった。そのとき、視界を埋《う》める黒い地面の中で、緑色の点があるのに気付く。樹の根元に、奇妙《きみょう》な植物があった。

まだ咲《さ》いてはいないが、どうやら草花のようである。巨木の根で強風を避《さ》け、隠《かく》れるように生えていた。大きさはそれほどでもない。緑色の細い茎《くき》に、まっすぐの葉。表面に白い産毛《うぶげ》があり、朝露《あさつゆ》がついて光って見える。茎の先に指先ほどのつぼみがある。それは球に近い形状である。白い花弁が数枚、そっと重なり合って丸くなっている。緑色のがくに支えられ、重さのため茎《くき》が曲がって吊《つ》り下げられたようになっている。

それが普通《ふつう》の植物と比べて珍《めずら》しいのは、つぼみの先、花弁のあわせめから、細い糸の如《ごと》き黒いものが垂れ下がっていたことである。微風《そよかぜ》にゆれ、さらさらとたゆたっていた。屈《かが》んで、そっと指の腹ですくってみる。細やかな感触《かんしょく》が指に残った。それは髪《かみ》の毛に見えたが、そのようなはずはないと、その時は苦笑した。

植物のことが気にはなったが、深く追求せずに立ち去った。巨木《きょぼく》のもとから遠ざかる際に、背中の方から妙《みょう》な音を聞く。それは、眠《ねむ》りから覚めようとする人間のうめき声に思えた。驚《おどろ》いて振《ふ》り返る。しかし、何も見当たらない。ただ小道のかどに巨木が立っているだけであった。

次の日、見舞《みま》い客があった。十年来のつき合いのある里美《さとみ》である。すでに数回目の訪問になる。

私の実家は昔から続く名家で、奉公人《ほうこうにん》という者が何人かいた。里美もその一人で、子供のころからうちで働いていた。お互《たが》いに少年と少女であった昔、よく一緒《いっしょ》に遊んだ。同年代の子供たちから言われた冷やかしの言葉を思い出す。男女が共に遊ぶのは、珍しいことであったのだ。私が魚釣《さかなつ》りや虫取りに付き合せていたため、里美は当時、日焼けして真っ黒であった。今では肌《はだ》も白くなり、美しい顔になっていた。

私の生まれた家は病院から遠く離《はな》れており、車で一晩はかかる。両親は実家に残ったまま、私の世話をさせるために数日おきに里美を通わせている。

里美がくると、同室に入院しているハルキという子供が珍しく笑顔《えがお》になる。普段《ふだん》は不機嫌《ふきげん》そうな顔で看護婦に反抗《はんこう》ばかりしているのに。「これに座りなよ」と木の椅子《いす》まで用意する。

「ありがとう」里美は微笑《ほほえ》んで礼を言うと、視線を私に向ける。「お元気でしたか」

椅子に腰掛《こしか》け、持ってきた紙袋《かみぶくろ》を寝台《しんだい》に置く。

「調子がいいように見えるか」

私の返事にあいまいに頷《うなず》くと、里美は紙袋に腕《うで》を入れた。林檎《りんご》や本が一つずつ取り出され、寝台の上に並べられていく。最後に取り出されたのは、白い封筒《ふうとう》であった。どうやら私の親からの便りであるらしい。

ここ数年、親とのやり取りは、すべて直接には行なっていない。良い別れ方をしなかったというのが理由である。必ずあいだにだれかを挟《はさ》んだ。

「林檎を剝《む》きましょうか」

「いや、いい」

「何か欲しいものがあったら、おっしゃってください」

私たちのあいだに、ふと沈黙《ちんもく》がおりた。やがて里美は、言い辛《づら》そうに口を開いた。

「この三年間の話をしてもかまいませんか」

好きにするといい。私は頷《うなず》いた。

私が恋人《こいびと》と駆《か》け落ちして家を出たのが、三年前のことである。その間、一度も里美と顔を合わせたことはなかった。実家でどのような会話がおこなわれていたのかも、私は知らない。今、私がこのような状態になって、さぞかしうちの両親は困っていることだろう。その罪悪感に、息がつまりそうだった。

里美は、私が家を出てからの思い出話を聞かせてくれた。それは、いかに皆《みな》が私のことを心配していたか、という内容であった。しかし私の耳には、その裏側に潜《ひそ》む濁《にご》ったどろどろしたものばかり聞こえていた。唯一《ゆいいつ》の跡取《あととり》が突然《とつぜん》にいなくなったことへの、世間の反応。両親の憤《ふん》慨《がい》。そして隠蔽《いんぺい》。嘲笑《ちょうしょう》。里美は一度もそのような言葉を口にしてはいないのだが、頭の中では、ありとあらゆる人間の蔑《さげす》んだ目が私に向けられていた。

「もういい」

私は手をあげて、里美の話を打ち切った。額に汗《あせ》がにじみ、体に震《ふる》えがきていた。里美が心配そうな顔をする。私は、母のことを思い出していた。

『結婚《けっこん》の相手は私が見つけて差し上げますから。あんな人、およしなさい』母はそう言った。恋人の目の前で。『第一、素性が知れないでしょう。得にならないでしょう』

そのときの、悲しそうな恋人の顔が今でも目に焼き付いている。家を出たのは、その次の日

であった。それからの三年間は、慎《つつ》ましいものであるが、幸福であった。列車事故に遭《あ》うまでは。

「また、来ます」

里美は病室を出ていった。

親からの封筒《ふうとう》を手で開け、便箋《びんせん》を読む。そこにあったのは嘆《なげ》きと哀《あわ》れみの言葉であった。そのすべてが私を非難しているように思えてくる。産んで、育ててきてあげたのに、こんな仕打ちはひどいと母は書いている。自分たちの言うことを聞かずに勝手なことをするからそうなったのだ、と文章の奥《おく》で両親は泣いている。こんなことになって世間に恥《は》ずかしい、家の面《つら》汚《よご》しだ、とはっきりとではないが書かれている気がする。

便箋を封筒に戻《もど》す。自分はなんと惨《みじ》めなのであろうか。親不孝なのであろうか。頭の中で、私を嘲笑《ちょうしょう》する周囲の声と、両親の嘆きがこだまする。

病室には三つの寝台《しんだい》が並んでいる。そのうち、窓際《まどぎわ》の寝台が私の棺《ひつぎ》である。そこから外を眺《なが》め、死ぬ、ということを考える。入院してからというもの、考えない日はなかった。寿命《じゅみょう》が来る前に、自ら命を断《た》つのである。いつでもそれができる気がした。

首を吊《つ》る瞬間《しゅんかん》を事細かに想像する。ぶらさがって足の下に何もない状態というのが、これまでの人生でどれほどあっただろうか。かつて海に飛び込んだとき、想像していたよりも深く、海底に足の届かなかったことがある。あの、地面がないという非常時の戸惑《とまど》い、焦《あせ》り。首を吊ったときも、やはりそういったものを感じるのだろうか。

今は、自ら命を断つとき、私は躊躇《ためら》いを感じぬ気がした。それどころか、今すぐそうしたい気がした。気づくと頰《ほお》を搔《か》き毟《むし》り、髪《かみ》を抜《ぬ》いているということもあった。その度《たび》に看護士から押《お》さえつけられ、心拍《しんぱく》のゆるやかになる透明《とうめい》な液体が注射されるのである。

隣《となり》の寝台が軋《きし》む。ハルキが立ち上がった。

「しょんべんにいってくら」

そう言うと寝床《ねどこ》を下りた。顔に痣《あざ》がある。先日、看護士と喧嘩《けんか》をした際につけたものである。しばらく前から、病院の敷地《しきち》内に猫《ねこ》の母子《おやこ》がおり、ハルキはそれをいたく気に入っていた。食事もすべて猫に与《あた》えてしまうほどの執着《しゅうちゃく》であった。しかし、仲睦《なかむつ》まじい猫の母子を、医者は取り上げた。良い影響《えいきょう》を与えないとでも思ったのだろう。それでつかみ合いの喧嘩に発展したのである。

ハルキは、何日も洗っていない頭を搔きながら部屋《へや》を出ていった。

病室にはもう一人、中川《なかがわ》という同室者が残っていた。三つ並んだ寝台のうち、窓際のものを私が、真ん中のものをハルキが、戸口に近いものを中川が使用している。

「さきほど見舞《みま》いにきたのはあんたの恋人《こいびと》かね」

寝台に上半身を起こした格好で中川が私に尋《たず》ねた。口から葉巻の白い煙《けむり》を吐《は》き出す。煙草《たばこ》のせいか、かすれた声である。

「うちの母親から、身の回りの世話を頼《たの》まれているのですよ。どちらかというと、両親の手先です」

そう返事をする。中川は成金であった。入院中も金色の腕時計《うでどけい》をはめているような、太り気味の人間である。病室で看護婦に隠《かく》れて葉巻を吸っている。看護婦がくると灰皿代わりの湯のみで火を消し、知らないふりをする。それでも部屋《へや》は煙《けむり》の臭《にお》いがする。看護婦に問いつめられると、大口をあけて笑う。そういった人物である。

普段《ふだん》、私たち三人は、めったに話をしなかった。ハルキが病院の人間と喧嘩《けんか》になり、つかみかかったときも、私と中川は他人のふりをして傍観《ぼうかん》を決め込んだ。病室で常に顔をあわせていることが煩《わずら》わしいのである。だれかが見舞《みま》いにきた時はいい。しかし、部屋に三人だけ取り残され、長時間、放置されると、空気はすさんでくる。会話も消え、中川は舌打ちしてつまらなそうに部屋を出て行く。ハルキもいらついてくる。

適度に言葉を交わしはする。しかし、決してお互《たが》いを受け入れていない雰囲気《ふんいき》があった。ハルキは年齢《ねんれい》も若く、どこか粗野《そや》なところがある。中川はそれと逆である。三人でお互いを観察するような目で見て、どこか白々しい会話になる。

みんな、不安であったのかもしれぬ。それぞれの抱《かか》えた悲しいことが、襲《おそ》い掛《か》かってくるのだ。無音の病室がそうさせる。沈黙《ちんもく》という騒音《そうおん》はゆっくりと心を蝕《むしば》む。鼓膜《こまく》がじんじんと痛み出し、頭蓋骨《ずがいこつ》の中にある悩《なや》みの塊《かたまり》が重さを増してくる。そのために心が休まることはない。ハルキは時折、わけもなく壁《かべ》を叩《たた》いたりする。看護婦に注意を受けてもやめない。その気持ちはわかる。音がない箱の中でじっとしているということ。病室内は息苦しく、胸は塞《ふさ》がった気持ちになる。

私は中川と二人きりでいることができず、病室を出ることにする。

「散歩に行くのかい」

扉《とびら》を開けて出て行くとき、中川が声をかけた。

「裏庭を歩こうと思って」

「雑木林のあたりかい」

その通りであることを告げると、中川が納得《なっとく》したようにうなずいた。

「もうすぐあそこの雑木林を切り開いて、新しい病棟《びょうとう》を造るそうだから、今のうちにあの辺りを見ておくのは良い」

時々、中川は気に入った看護婦に声をかけて話をする。そのおかげで、病院内のさまざまな情報をよく知っている。

昨日、歩いた小道を行く。空は晴れているようだが、両側に密集した樹《き》のおかげで太陽に触《ふ》れずに済む。光や風は、樹が遮《さえぎ》ってくれる。そのため外を歩いているという感じはせず、薄暗《うすぐら》い夢の中をただ移動している気分である。それは悪いものではなかった。うねり、からみあった両側の細い樹々、それらがひっそりとした静けさをもたらす。同じ静かな空間でも、病室のものとは種類が異なる気がする。患者《かんじゃ》の暗い情念がないからだろうか。

小道がゆるやかに曲がり、巨木《きょぼく》のある一角に出た。白く大きな根に腰掛《こしか》け、しばらくじっとする。虫の声も聞こえず、地面の枯《か》れ葉を踏《ふ》んだときに乾《かわ》いた音がするだけである。動かないでいると、自分など消えてしまったかの如《ごと》き、静謐《せいひつ》な心地《ここち》になる。

私は知らないうちに、家を出たときのことを思い出していた。

愛する者との結婚《けっこん》は、皆《みな》の望まぬ行為《こうい》であった。私たちにとっては、世界中から否定されている気がした。

もっとも強く反対したのは母であった。

『そんなのと一緒《いっしょ》になっても、幸せになれるものですか』

そして三年間、家に帰らず、ついに今、私は一人になってしまった。愛する者は事故で死んだ。

母は今、したり顔で笑っているに違《ちが》いない。あなたにはしょせん無理だったと、嘲《あざけ》っているはずである。母だけではない。父や親戚《しんせき》たち、皆もそう思っているはずである。私の行なったことのひとつひとつを指摘《してき》して、家でおとなしくしていれば良かったのだと私に言い聞かせたがっているのだ。

いや、それは被害妄想《ひがいもうそう》かもしれぬ。私がわめくと、医者は言うのだ。落ちついてください、あなたは悪い方にばかり考えていますよ、と。

しかし、とんでもないことをしてくれたと両親がため息をついているのは間違いないであろう。そう思うとつらい気持ちになる。本当は、迷惑《めいわく》などかけたくなかったのだ。

そのようなことをぐるぐる考えていると、決まって頭蓋骨《ずがいこつ》の中に鉄が生まれる。後頭部のあたりに、何かずっしりとした重いものを感じる。その正体は苦悩《くのう》や悲しみといったものだろう。しかし、頭の中に実際に鉄が生じたかの如く、はっきりと重みを感じる。耳鳴りがして、呼吸ができなくなる。気づかぬうちに頭を腕《うで》で覆《おお》い、丸くなっていた。頰《ほお》がぬれていた。

その時である。

自分の座る巨木のまわりは、無音であるとばかり思っていたが、違っていた。いつからか、鼓膜《こまく》が小さな空気の震《ふる》えを感じとっていた。

気のせいかも知れぬが、それは少女のうめき声に似ていた。昨日、立ち去り際《ぎわ》に聞いたものである。いや、うめき声に似てはいたが、そうではない。抑揚《よくよう》を持っている。高くなったり、低くなったり、それは鼻歌のようである。

辺りを見まわし歌っている者を探すが、だれもいない。樹々《きぎ》は、鼻歌など聞こえないとでも言うようにしんみりとしている。声は小さく、聞き逃《のが》してしまいそうなほどである。耳には聞こえても、目には見えぬ。不思議な気持ちであった。歌は、どこかすぐ近くから聞こえている。

何気なく視線をおろすと、昨日、見つけた花があった。つぼみが丸くふくらみ、今にも開こうとしている。花弁の重なった先から、やはり髪《かみ》の毛のようなものが垂れている。先日より多い気がする。

顔をそれに近づけた。少女のハミングは、その中から聞こえる。

つぼみが、かすかに動いた。小さな花である。つぼみも指先ほどしかない。風に揺《ゆ》らめいたという感じではなかった。つぼみの内側で何かが動いたかの如《ごと》く、閉じた白い花弁が微妙《びみょう》に陰《いん》影《えい》を変化させたのである。

指先でそれに触《ふ》れてみる。人肌《ひとはだ》の体温を感じた。

私は思った。

つぼみの中に、だれかが入っているのだ。そして、ハミングしているのだ……。


病棟《びょうとう》に戻《もど》り、庭木の世話係を見つけた。その男は病院に雇《やと》われている老人であった。病室の窓から外を眺《なが》めると、樹《き》の剪定《せんてい》をする彼が時々見えた。声をかけるのははじめてであった。

植木鉢《うえきばち》を一つもらえないかと尋《たず》ねる。老人は日焼けした皺《しわ》だらけの顔に笑《え》みを浮《う》かべ、病棟脇《わき》にあった小さな小屋から鉢を取り出した。赤茶色で、大きさは両手におさまる程度であった。

「ちょうどいい。ありがとう」

礼を言うと、老人はうなずいた。

「花でも育てるのかね」

「ええ」

老人が鉢の表面を手で払《はら》う。こびりついていた土が煙《けむり》となって落ちた。花の種類を尋ねられたが、答えることはできなかった。鉢をもらい、丁寧《ていねい》に頭を下げると、裏庭の小道を戻る。

歌う花のある、巨木《きょぼく》のもとへ向かう。花を鉢の中へ移動させるつもりであった。そうすることに多少ためらいも感じてはいた。自然に生えていた場所でそっとしておいた方がいいようにも思う。しかし、中川の話では、やがて雑木林は切り開かれ、新しい病棟が建設されるという。それがいつのことになるのかわからぬが、そうなってしまえば花も駄目《だめ》になってしまうだろう。

そう考えると、今のうちに別の場所へ移動させた方がいいように思えた。あるいは、そういう奇怪《きかい》な花などどうなろうと知ったことではなく、気にする必要はないのかもしれぬ。だが歌う植物という珍《めずら》しいものを見つけ、冷静な気持ちではいられなかったのである。鉢に移動させ、その後でどうするかは考えていなかった。ただ、他のだれかにその花の存在が見つかり、無情に摘《つ》まれることが、不幸に思えたのである。

両手に鉢を抱《かか》えて小道を進んでいると、枯《か》れた白い肌《はだ》の巨木が現れる。そこまでくるともう、不思議な旋律《せんりつ》が耳に聞こえてくる。樹に近づき、地面に深く潜《もぐ》っているその根元に近づく。枯れ葉の積もった黒い泥《どろ》の中に、歌う花がそっと生まれている。辺りは枯れた樹が多い。そのため、花の若々しい緑色だけが不思議と浮いていた。色あせた世界に一つだけ生まれた生命のように思える。

根を切らないよう注意して、花の周りを掘《ほ》る。道具がなかったため、その作業はほとんど手で行なう。踏《ふ》み固められた道の土とは違《ちが》い、地面はそれほど固くはなかった。花は、歌うということと、膨《ふく》らんだつぼみから垂れる黒い線の他は、普通《ふつう》の植物に思えた。根に付着していた泥《どろ》ごと、鉢《はち》へ移す。

作業の間、手の中の植物からハミングが聞こえていた。しばらく歌うと、一休みするかの如《ごと》く沈黙《ちんもく》する。歌い続けて疲労《ひろう》したのかと思われる。やがて時間が過ぎると、またつぼみから音が聞こえ出す。花は一日中、それを繰《く》り返しているようであった。

鉢を抱《かか》えて病室に戻《もど》った。同室者は二人とも部屋《へや》にいたが、持って帰った鉢に最初のうちは気づかぬ風であった。言うべきか言うべきでないか迷った。奇妙《きみよう》な植物を怖《こわ》がるかもしれぬ。それとも奪《うば》い取るかもしれぬ。

なるようになればいいと、鉢を窓際《まどぎわ》に置き二人が自然と歌声に気づくまで黙《だま》っていることにした。

部屋に戻ってきた時、花は沈黙していた。窓際の日差しにしばらく置いていると、歌うことを思い出したようにハミングしはじめた。歌い始めは小さな声であるからほとんど気づかないが、やがてそれは病室に満ちてくる。いかにも自然な調子で歌がいつのまにかあるのだ。

「今まで気づかなかったけど、さっきから歌が聞こえる」

ハルキが真ん中の寝台《しんだい》で半身を起こし、辺りを見まわす。読書をしていた中川も、本から顔を上げた。

「どこかで、女の子が歌っているのじゃないか」

さして興味もなさそうに、中川は読書に戻る。ハルキは入り口や天井《てんじょう》に視線をめぐらし、音楽のもとを探す。

「もしも、この歌が……」私は二人に問いかけた。「とある植物のつぼみから出ているものであったなら、二人は驚《おどろ》くだろうか」

二人が、怪訝《けげん》そうな目で私を見た。

その夜のことである。まわりが寝静《ねしず》まり、窓から月の光が入っていた。廊下《ろうか》を看護婦の歩く足音。私は眠《ねむ》ったふりをして、それを聞いていた。遠くから床《ゆか》を踏む音が近づき、入り口の前で止まる。扉《とびら》が開き、看護婦の持つ明かりが病室内を照らす。何も異常がないことを確認すると、見回りの者は足音を遠ざける。それが済むと、あとは深海の如き静けさである。

寝台の枕《まくら》に片頬《かたほお》をつけて、窓際の花を見た。寝転《ねころ》がっていると、鉢は少し見上げた場所にあった。すりガラスを青い月光が通り抜《ぬ》け、すっと伸《の》びた葉と細い茎《くき》を照らしている。眠っているのか、花は沈黙していた。

つぼみがかすかにゆれた気がした。最初のうちは気のせいかもしれぬと思ったが、また動いた。釣鐘《つりがね》の如《ごと》く茎《くき》にぶら下がっているので、ゆれる様が余計にわかった。ゆっくりと、音もなく、白い花弁が広がろうとしていた。それはすぐに行なわれるというものではなく、長い時間をかけたものであった。

枕《まくら》に頬《ほお》をつけた状態で息を潜《ひそ》め、その様子を眺《なが》め続けた。一切の動きを見逃《みのが》すまいと思っていた。薄《うす》い花びらがつぼみの状態からほどかれてゆく。羽化した蟬《せみ》が羽を伸《の》ばすようであった。つぼみの先端《せんたん》から垂れていた髪《かみ》の毛状のものが、その動きにしたがう。

やがて花が開ききった時、私は見た。広がった花弁の中心に、少女の首が入っていた。指先ほどの大きさであった。首や後頭部は花弁の奥《おく》に沈《しず》んでいる。

私は呼吸するのも忘れ、寝台《しんだい》に上半身を起こして顔を近づけた。少女の白い、つるりとした額が、まず目にはいる。目を閉じ、顔をうつむけている。つぼみの先端から出ていたのは、やはり髪の毛であった。今はそれが、開いた花弁の端《はし》から垂れている。少女の頭の大きさに比べ、それは長かった。

美しい少女であった。いや、少女ではないようにも思えた。さらに年を経た女性のようにも見える。子供を持つ母親のようにも見える。生まれたばかりの赤《あか》ん坊《ぼう》のようでもある。死期を悟《さと》った老婆《ろうば》の表情にも通じる。人生のいかなる時間でもある。もしくは、そのどれでもないのかもしれぬ。不思議な安らいだ表情である。

目は閉じられていた。眠《ねむ》っているのだろうか。それでも、大きく目を開けた時の少女の顔を想像できる。美しい形の目であろう。

月光の中で咲《さ》いた花、少女の白い顔に耳を近づけた。それは聞こえるか聞こえないかという程度であったが、ほんの小さな寝息《ねいき》が聞こえてきた。

二

朝、少女の鼻歌が耳をくすぐり、目が覚める。まどろみながら、窓際《まどぎわ》の鉢《はち》を見た。

少女の目は細く開いていた。はっきりと目を開けることはなかった。半開きというにも足らないほど瞼《まぶた》が上がっているだけである。かすかに覗《のぞ》く瞳《ひとみ》は、何かを映しているように見えぬ。まだ夢の中にいるようである。

口はやわらかく閉じられている。ほんの小さな鼻の奥《おく》から、空気のかすかな響《ひび》きが伝わってくる。目が覚めてもなお、夢の中を漂《ただよ》うが如《ごと》き心地《ここち》になる。不思議なやさしい調べであった。

鉢を、寝台《しんだい》の下に隠《かく》した。その花がやたら人目にふれると混乱を招く気がした。花は寝台の下で歌い続けた。歌声が病室に広がる。鼻歌であるから、歌声と呼んでは間違《まちが》いかもしれぬ。

「また歌だ」中川がつぶやいて部屋《へや》を見まわす。「今度は、昨日よりもはっきりと聞こえる。まるで、この部屋のどこかに少女が隠れて、鼻歌を歌っているようだ」

ハルキは眠《ねむ》そうに目をこすりながら、しばらく歌を聞いていた。やがて私の方を振《ふ》り向いた。

「その寝台の下あたりから聞こえる。さては、オルゴールのようなものを隠しているんだな」

「少し違う」

私は首を横に振った。

「じゃあ、なんだ？」

「見せると、きっと驚《おどろ》く」

「見せないと、看護婦に言いつけてやる」

中川が入り口を開け、廊下《ろうか》に首を突《つ》き出す。私の方を振り向いて言った。

「今のうちに見せなさい。うるさい看護婦が来る様子はないから」

心配であったが、いつまでも黙《だま》って隠し持っていることはできぬと判断した。

「少女の顔を持つ花を、裏庭で見つけた。この鼻歌は、その娘《むすめ》が歌っているものだ」

「わかったわかった。それで、本当のところは何を隠し持っているんだよ」

まったく信じていない顔でハルキが言った。

私は躊躇《ためら》いを感じながら、寝台の下から鉢を取り出した。二人の前にそれをさし出す。花は小さなもので、よく顔を近づけねば少女の頭に気づかないほどである。

二人とも最初は、少女の頭部が目に入らなかったようである。私の行動を訝《いぶか》るような、半ば呆《あき》れた表情をしていた。文句を口にしかけて、同時に二人の口が止まり、息を呑《の》み込むのがわかった。花弁の中にある少女の頭部に気づいたようである。驚いている二人をよそに、まだ夢を見ている顔で少女はゆれながら歌っていた。

しばらく声もなく、二人は花の娘《むすめ》を見ていた。悲鳴をあげたりするのではないかと心配していたが、そうならなかったので安心した。二人は酷《ひど》く混乱してはいたが、まずその植物の美しさに目を奪《うば》われていた。

中川が少女の頬《ほお》をなでようとする。しかし途中《とちゅう》で動きを止めた。

「触《さわ》るのも、躊躇《ためら》われる」

もろい銀細工を眺《なが》める目であった。

「……これは、なんだ？」ハルキが言った。「看護婦に見つかると、取られそう」

「もうしばらく、皆《みな》には秘密にしておきたい」私は言った。

「いや、大勢の人に知らせるべきではないだろうか」中川が言った。「なぜならこれは大発見だ」

「でも、大騒《おおさわ》ぎになる」

ひとまずは病室に歌う花を隠《かく》すことにした。

看護婦が来た時、花がハミングしていれば、ハルキも一緒《いっしょ》に鼻歌を歌い、植物の存在を悟《さと》らせぬようにする。ハルキがいない時は私が鼻歌を重ねる。朝の検診《けんしん》で看護婦が病室に現れたとき、その作戦はうまくいった。

中川はそうすることを良く思っていないようで、一緒になって隠すことを手伝おうとはしなかった。それでも看護婦に告げ口をするわけではなかった。ただ、皆に歌う花の存在を明かすよう、私を説得しようとするのみであった。

花は日当たりのいい窓際《まどぎわ》に置いた。日光に当たると、少女はどこかうれしげであった。はっきりとは微笑《ほほえ》まないが、かすかにそう感じているように思う。その感情が鼻歌に乗り、同じ旋《せん》律《りつ》であるのに、歌っている少女の気持ちが伝わるのである。

病室の寝台《しんだい》は様々なことを思い出させる。ただ横たわり、病室の天井《てんじょう》を見上げていると、これまで自分の見てきたこと、感じたことが頭の中で蘇《よみがえ》ってくる。拒否《きょひ》しようとしても、無理やりにそうなる。

精神が弱くなっているのか、それとも病院という気配がそうさせるのか、思い出すのは悲しいことや辛《つら》いことばかりであった。子供時代に自分のおかした些細《ささい》な罪が蘇り、後悔《こうかい》のために胸が焼かれる。列車事故の時に見た地獄《じごく》の世界が、不意に現れることもある。禍々《まがまが》しい負の感情と親しく付き合わされることになるのだ。

しかし、少女の首を持つ花がきて、その生活がわずかに変化した。透明《とうめい》な歌声が病室に満ちると、そこはもう四角い箱ではなくなる。目を閉じるとどこまでも広がる果てのない草原がまぶたに映る。濁《にご》った空気も浄化《じょうか》されたように思える。穢《けが》れのないハミングは、故郷に吹《ふ》く風のようである。

陽光を受けとめる少女は、感情をその調べに乗せる。歌うことのできるということが、うれしくてたまらないという風である。葉で太陽を感じることが心地《ここち》よいらしい。

その顔を眺《なが》めていると、薄《うす》い花弁の中で、時折まばたきするのがわかる。いや、それはまばたきというほどのものではなかったかもしれぬ。もともと、目はほんの少ししか開かれていなかったのだから。しかしそれでも、花の少女はやはり生きているのだという不思議な説得力があった。

少女の存在感は濃《こ》かった。鉢《はち》に植えられたただの植物ではなく、感情のある人間であるように思えた。歌の中に込められた喜びは、少女がすべての感覚を世界にむけて開き、精一杯《せいいっぱい》に生きているという印であった。薄暗《うすぐら》い瘴気《しょうき》に満ちていた病室、しかし、少女の鉢植えのあるところだけ白い明かりに包まれている気がした。

病室に自分以外の生物がいることを、少女はどことなくわかっているようであった。

「ねえ」

ハルキが花に向かって呼びかけると、少女はぴたりと鼻歌をやめる。表情はほとんどかわらぬが、その様は聴覚《ちょうかく》に集中しているようにも見えた。言葉が理解できているのか、定かではない。しかし、話しかけると、うれしそうにする。歌の中にある微妙《びみょう》な感情が変化する。

少女の歌声は希望を呼んだ。病室内にあった絶望を拭《ぬぐ》い去る。暗闇《くらやみ》に光が生まれたようであった。押《お》しつぶされ息もできぬほど苦悩《くのう》する肩《かた》に、そっと歌声が見えない手をさしのべて、大《だい》丈夫《じょうぶ》だと言ってくれる。不安でどうしようもなくなった背中を、心配しないでと静かに包んでくれる。

ハルキは、退院したらやりたいことを語るようになった。それは紙に書き連ねられたが、何枚にも及《およ》んだ。それまで見せたことのない笑顔《えがお》をした。

目を閉じて裸足《はだし》になり、病院の廊下《ろうか》を歩くという遊びもした。窓から入る太陽の光が、廊下を光と影《かげ》にわけている。瞼《まぶた》を閉じたまま、足の裏側で微妙な温かさの違《ちが》いを感じ取り、ひたひたと影の境界線上を歩く。廊下の先まで歩ききると、目を開けて私に手を振《ふ》る。私たちはいつのまにか友達になっており、病院の食事について意見を言い合うようになっていた。

体温を計りに看護婦がやってくる。ハルキは鼻歌を歌う。私はいそいで花を隠《かく》す。窓際《まどぎわ》から鉢を下ろして、寝床《ねどこ》と壁《かべ》の間に置く。少女の頭が細い茎《くき》の先でゆれる。指先ほどの大きさであるが、茎の細さはようやく頭部の重さに耐《た》えているように見える。折れてしまわないか心配になる。

看護婦は、不自然に歌っているハルキに怪訝《けげん》な顔をする。それが帰った後、私たちは顔を見合わせる。一瞬《いっしゅん》の後に、笑いが出てくる。

中川は葉巻をやめた。少女を思いやってのことである。看護婦とのおしゃべりや読書をしない時間は、よく少女の植えられた鉢を眺《なが》めていた。まぶしそうに目を細め、歌に聞き入った。ハルキのように話しかけるということはしなかったが、少女には中川のいることもわかっているようであった。空気の流れや、よぎる影《かげ》を、葉で感じているのかもしれぬ。

歌声のある生活が何日か過ぎたころ、里美が紙袋《かみぶくろ》にさまざまなものを入れて見舞《みま》いにきた。その時、ハルキは外に出ており、中川と私だけが部屋《へや》にいた。

「顔色がよくなりましたね」

私の顔を見ると、里美は微笑《ほほえ》みをうかべてそう口にした。少女は歌うのをやめており、寝台《しんだい》の下で静かにしていた。里美にも彼女のことを秘密にしておこうと考えていた。

「今日もまた、手紙があります」

里美は紙袋に手を入れると、白い封筒《ふうとう》を取り出した。故郷の両親からである。それを受け取ると、すぐに封《ふう》を開いて内容を確認した。母の筆跡《ひっせき》である。

「私を自分たちの身近なところに置いておきたいらしい」

実家へ戻《もど》るようにと、その手紙には書いてあった。その方が周囲の緑も豊かであり、傷ついた精神に良い影響《えいきょう》を与《あた》えるはずだという。

「私を家に戻してどうするつもりだろう」

「帰ってくるつもりはないのですか」

少し考え、首を横に振《ふ》る。病室に沈黙《ちんもく》がおりた。それは重苦しいものであった。

「お母様は、あなたに家へ戻ってきてほしいと願っているのです」

里美はつぶやいた。

「戻れるわけがない。母が私の恋人《こいびと》に何と言ったのか、おまえも知っているはず。あの言葉のひとつひとつに、どんなに苦しめられただろう」

「あなたが家を出て行って、お母様は後悔《こうかい》していました。子供に会いたくない親がどこにいるでしょう」

突然《とつぜん》、頭が鈍《にぶ》い痛みに襲《おそ》われる。里美の言葉が、私の良心に針を刺《さ》す。産んでくれた両親を悲しませているということが首をしめる。だが、私は里美に言う。

「戻るつもりはない……」

家には帰れない。膝《ひざ》をつき、両親に頭を下げて許しを請《こ》うことは、死んだ恋人を裏切る行為《こうい》のように思える。里美は悲しそうな顔をした。

「あなたのお母様は、私に良くしてくれました。お二人の和解を、どんなに望んでいることか……」

里美は立ち上がった。帰るつもりであろう。

「事故の夢はまだ見るのですか」

寝台に半身を起こしている私へ語りかけてくる。痛ましいものを見る目であった。

「……最近はない」

「生き残るということは、苦しいことでしたね」

病室の扉《とびら》を開け、出て行こうとした時である。私の寝台の下から、少女のハミングが聞こえ出した。

里美が足を止め、振り返った。不思議そうな顔で病室中に視線をさまよわせた。音楽の源がどこなのかわからず、小首を傾《かし》げていた。

その時、それまで静かに本を読んでいた中川が、鼻歌を重ねた。音痴《おんち》であるのか、はじめて聞くその音程は酷《ひど》く外れていた。他人の視線に気づかぬそぶりで歌っていたが、やがて見られていることにたった今気づいたという演技で里美の方を見た。そして口を広げ、金歯を見せて笑いかけた。

里美は中川に軽く会釈《えしやく》すると、何も言わずに立ち去った。

歌う少女の花は、眺《なが》めていても飽《あ》きるということはない。水をあげ、陽光に当て、三人で大切にした。

人間の頭部を持った花の存在は図鑑《ずかん》に載《の》っておらず、博識であった中川も聞いたことはないという。どこか外国の花かもしれぬとハルキは言ったが、少女の顔は間違《まちが》いなく黄色人種のそれであった。

少女の歌う鼻歌は、いつも同じものである。どうやら彼女は、その歌しか曲を知らぬようであった。曲名はわからなかったが、耳に残るやさしい調べである。簡単な節であるから、すぐに覚えることができた。子守唄《こもりうた》の如《ごと》く、安らかな心地《ここち》になるメロディーだった。

はたしていつ、少女はその曲を知り得たのか、それが疑問であった。中川は、もともと少女の中にその調べがあったのではないかと言う。花弁の色や、形、寿命《じゅみょう》が決まっているのと同じであると言う。

「しゃべったりしないのかな」

ハルキが腕組《うでぐ》みして首をひねる。少女がやがて話すようになるのか。だれにも答えることはできなかった。

中川はそのころになると、この植物の存在を世間に発表する気が失《う》せているようであった。

それは、ある夜のことだ。消灯の時間も過ぎ、病棟《びょうとう》全体が静かになっていた。病室の電気は消され、起きている者は看護婦に注意を受けた。

私は寝台《しんだい》の中で起きていた。なかなか眠《ねむ》ることができず、頭の中で様々なことが飛び交《か》っていた。やがて、里美が最後に来た時のことを思い出していた。もらった手紙とその文字の連なりが瞼《まぶた》の裏に蘇《よみがえ》る。眠ろうと努力する私を邪魔《じゃま》する。

またしても、子供のころの、些細《ささい》なことが思い出される。

私の愛用していた釣竿《つりざお》を、母が勝手に捨ててしまったことである。他人が見ればただの古ぼけた竹の竿《さお》だっただろう。しかし、それを使って何匹《びき》の魚を釣《つ》ったかわからない。その当時、世界中で私が大事にしていたものは、その釣竿だけであった。それを捨てた母を責めた。

『だって、危ないでしょう』

さして悪いことをしたという素振《そぶ》りも見せず、そう言って母は済ませたのである。

次の日、私は母に復讐《ふくしゅう》しようと考えた。母の一番、大事にしているものを捨ててやろうと思った。しかし、それにはまず、一番大切なものを母に問わねばならない。

『お母さんがこの世で一番大切なものはなに？』

荒《あ》れている心を偽《いつわ》り、何気ない顔で尋《たず》ねた。すると、母はこう言ったのである。

『私が一番大切にしているものは、あなたよ』

馬鹿《ばか》げたことかもしれぬが、その言葉を子供の自分は繰《く》り返し思い出した。実のところ自分は愛されているのだと感じた。

それゆえに、今、このような状態になって母を困らせていることが苦しい。家をだまって出ることは、親の想《おも》いを裏切る行為《こうい》であった。愛情に泥《どろ》を塗《ぬ》ることであった。しかし、いまだに母への恨《うら》みを抱《いだ》いているのも事実なのだ。

どうすればいいのかわからない。里美の願いを聞き入れることは容易ではなく、母と和解することへの躊躇《ためら》いは強い。顔を見れば、怒鳴《どな》りあいになるかもしれぬ。そうして決定的な亀裂《きれつ》が生まれることが怖《こわ》い。

それに、親をこれだけ困らせておいて、私にものを言う権利があるだろうか。

ふと、暗い病室の中で中川の寝台《しんだい》が軋《きし》む音を立てた。私の名前が呼ばれたので、返事をする。

「よかった、まだ起きていたか。寝《ね》つけないから、少しお酒につき合わないか」

寝台の下から酒の小瓶《こびん》が取り出される。私は、息苦しい考えを中断した。しばらく、母のことは保留にしておかねばならないと思った。中川の提案を受け入れると、自分の寝台を少し移動させて、壁《かべ》との間隔《かんかく》を広げた。これで、窓の方を向いて腰掛《こしか》けることができる。

私たちは並んで寝台に座り、湯のみに少量の酒を注《つ》いだ。窓辺に置いた少女の鉢植《はちう》えを囲む格好であった。中川は寝間着《ねまき》の胸をはだけさせたまま、あぐらを組んで座った。

物音に気づいて、ハルキが目を覚ました。何をやってるの、と目をこすりながら私の寝台に近寄る。

「なんだ、お酒か」

つまらなそうに言いながら、寝台に並んで腰掛けた。

「なんだとはなんだ」

私と中川はそう口にした。

明かりといえば月光のみ、音もなく病棟《びょうとう》の窓を差す。少女の頭部を持った植物は白々と照らされて寝息《ねいき》を立てている。絹糸より細い髪《かみ》がほつれて頰《ほお》にかかっていた。

私たちは長い間、話をせずにそれを見ていた。雲が月を遮《さえぎ》ると暗くなり、しばらく待つと雲が流れて明るくなる。葉の影《かげ》がぼやけて消えたかと思うと、またはっきりとする。無音のうちに時間が流れていた。三人とも身動きせず、息を潜《ひそ》めていた。透明《とうめい》な夜であった。

気づくと、中川の頰に涙《なみだ》が伝っていた。理由はわからない。聞くこともない。

私たちはそれぞれ、辛《つら》いことがあるのを知っている。

三

相原《あいはら》という名前の看護婦がいる。恰幅《かっぷく》がよく、陽気な人間である。まだ若いが、病院の受付から事務処理、洗濯《せんたく》などの様々な仕事をこなしていた。赤い頰《ほお》に艶《つや》があり、大きな声で笑った。中川は彼女のことを気に入っている。病院の受付をしている時に声をかけたり、追いかけたりする。仕事にならない。最後には年配の看護婦長に中川は睨《にら》まれたそうである。

それは、私と中川が病院の長椅子《ながいす》に腰掛《こしか》けて会話をしていた時だ。目の前の廊下《ろうか》を、相原看護婦が通りすぎようとした。その腕《うで》に赤《あか》ん坊《ぼう》が抱《だ》かれていた。

「だれの子だい?」

中川が声をかける。相原は私たちを見ると、一瞬《いっしゅん》迷うように立ち止まり、赤子を起こさぬよう近づいてきた。

「上の階に入院している人のよ」

私たちが赤ん坊の顔をのぞき込もうとすると、相原はほんの少し腰《こし》を曲げた。その子は小さかった。目が細く閉じられ、どうやら眠《ねむ》っているようである。産毛《うぶげ》の如《ごと》き髪《かみ》の毛、指先で押《お》したくなる小さな鼻。

少しだけ立ち話をして、相原看護婦は去ろうとした。中川が、その前に一度、抱かせなさいと言った。私たちを警戒《けいかい》し、ためらいながら、彼女は赤ん坊を差し出した。

眠ったままのその子を腕の中で揺《ゆ》らしながら、中川はごく自然な様子で例の鼻歌を口ずさみはじめた。私は赤ん坊の小ささから植木鉢《うえきばち》の歌う少女を連想していたので、中川も同じであったのかもしれぬ。

「あら、その歌は……」相原が驚《おどろ》いたように中川を見た。「なぜあなたたちがその曲を知っているの？」

私と中川は顔を見合わせた。

「今の歌を知っているのですか」

そう尋《たず》ねると、相原は、はっとしたように口籠《くちご》もり、後ろめたそうに頷《うなず》いた。

「……ひと月ほど前まで上の階に入院していた子がよく口ずさんでいたの」

彼女は複雑な顔でその子のことを語った。重い口ぶりであったから、あまり語りたくはなかったのであろう。

その子は柄谷《からたに》ミサキという名で、年齢《ねんれい》は十八歳だったという。ミサキが病院にいたころ、相原看護婦はよく彼女と話をしたそうである。

「病院の裏庭に雑木林があって、小道が通っているの。途中《とちゅう》に大きな木があって、そこによく腰《こし》掛《か》けていたわ。今の曲、そこでよく彼女が口ずさんでいたものなの」

相原が初めてミサキと出会ったのも、その場所だった。

「その子は……」声が上ずる。もう一度、最初から言いなおした。「その子はもう退院して……?」

相原看護婦は沈黙《ちんもく》し、視線を私から外した。言おうか言うまいか迷っている風であった。やがて中川の腕《うで》にいる赤《あか》ん坊《ぼう》が目覚め、ぐずり始めた。赤ん坊が中川から相原へ戻《もど》される。

「一ヶ月前に、亡《な》くなったわ……」

相原はためらうように言うと、足早に立ち去った。

その夜。都合の良いことに相原看護婦は宿直の当番であった。そのことを中川は調べあげていた。夜中になり、懐中《かいちゅう》電灯を持って見まわりにくる彼女を、私たち三人は寝台《しんだい》の上で起きて待っていた。

電気の主電源が切られるので、病室は暗かった。花も眠《ねむ》っている。やがて靴音《くつおと》が近付き、扉《とびら》が半分、開かれると、懐中電灯の明かりが部屋《へや》に射《さ》す。一瞬《いっしゅん》、視界が真っ白になった。

「あなたたち、まだ起きていたの」

相原の呆《あき》れたような声。しかし、真剣《しんけん》な顔の私たちを見て、彼女は戸惑《とまど》った。

「柄谷ミサキの話を聞かせてくれないですか」

中川が言う。

「一体なんなのよ……」

相原は首を横に振《ふ》って、話はできないと意思表示をした。

「なんでだよ!?」

ハルキがつめよる。

「こんなこと、勝手に患者《かんじゃ》に教えたら怒《おこ》られるの。興味本位であの子のことを聞くのはやめて、早く寝《ね》なさい！」

彼女は怒って病室を出て行こうとした。私がそれを止めた。

「興味本位ではありません。本当に、真剣な気持ちで尋《たず》ねているんです」

相原看護婦は下唇《したくちびる》を噛《か》んで私たちを一人ずつ電灯で照らした。目を見据《みす》え、真意をはかり、出て行こうか行くまいか考えているようであった。やがて彼女は、半ば開けかけた扉を閉め、病室内の丸椅子《いす》に腰掛けた。

「まったくもう。なぜ、よりによってあの子のことなんかを……」

相原は悪態をついた。明かりは彼女の持つ電灯だけであったから、よく見えなかったが、目を赤くしていたように思う。

「本当はそうするべきではないとわかっているんだけど、これからあの子のことを話すことにするわ……。あなたたちがなぜミサキのことを知りたいのかわからない。でも、遊びで聞きたがっているのではないと信じる。あなたたちなら、一緒《いっしょ》にあの子のことを悲しんであげられる気がするから……」

相原はそう言うと、病室内に視線をさまよわせた。寝台《しんだい》の脇《わき》にある水差しや薬を電灯で照らす。

看護婦である相原と入院していたミサキは、病院内で知り合ってよく話をする友達となっていたのだ。その顚末《てんまつ》を私たちは聞いた。

「あの子は、どこか他人《ひと》とは違《ちが》う世界に生きているような雰囲気《ふんいき》を持っていた」相原は語る。「何時間も飽《あ》きずに水溜《みずたま》りを眺《なが》めて、にやにやしたり、悲しそうな顔をしたりするの」

小柄《こがら》な、美しい娘《むすめ》であったという。いつも夢を見ているかの如《ごと》く鼻歌を歌っていたそうである。冷たい壁《かべ》に頰《ほお》をあてて、気持ちいいと微笑《ほほえ》んだそうである。大風にゆれる樹々《きぎ》を眺めながら、おもしろいと言ったそうである。霜柱《しもばしら》を踏《ふ》みしめて、しゃりしゃりすると寂《さび》しそうにしていたそうである。植物の青い葉を愛《め》で、草花になりたいと泣いたそうである。

柄谷ミサキという名前を心の中で繰《く》り返した。心臓が速まり、胸が高鳴っていた。

『死という文字と、花という文字は、似ていると思いません？』

ある日、ミサキは病院の花壇《かだん》の前で相原に尋《たず》ねたそうだ。

『もしも生まれ変われるとしたら、相原さんは何になりたい？』

『私はもう一度、人間がいいわ』

『そう……』

ミサキは花壇に咲《さ》く小さな白い花を愛《いと》おしげに眺めたという。

『私という人間をこの世から消すことができたら、どんなにかいいだろう。私は相原さんと違って、二度と人間になりたくないわ』

『どうして？』

『だって、人間でいるのは難しいもの。母さんや皆《みな》に迷惑《めいわく》ばかりかけてしまったことを、申し訳なく思うの。私は、自分が生きているということが腹立たしくてしかたないわ』

ミサキは思いつめがちな娘であったと相原は言う。自分は生きていてはいけない人間だ、そう彼女は信じていたそうだ。

『ねえ、聞いてよ相原さん。私は母さんと二人暮らしだったのだけど、お父さんは大変なお金持ちだったのですって。でもお父さんにはもともと奥《おく》さんがいたから、母さんは私の入った大きなおなかを抱《かか》えて、山奥《やまおく》の家に移り住んだの』

ある時、白い寝間着《ねまき》で寝台に腰掛《こしか》け、足を揺《ゆ》らしながらミサキは語ったそうだ。彼女の病室は二階にあり、窓からは遠くの山が見えたという。空の青さに染まる山の連なりへ目をやり、悲しそうに話したという。

『小さなころ、近所のおじさんが話しているのを聞いたことがあるわ。私が生まれてこなければ、母さんはどこか他の場所でだれかとちゃんと結婚《けっこん》できて、幸せに暮らしていただろうって。お父さんの家族も、争ったり、悲しんだりしなかっただろうって。母さんは私に、ほとんど何も話してくれなかったけど、私のせいでお父さんの家……』

十歳のころ、彼女の母は死んだ。一人になったミサキは、養女として叔父《おじ》の家へもらわれていった。ミサキを引き取る際、彼女の叔父は良い顔をしなかったそうである。それまで会ったこともない遠い親戚《しんせき》の子供である。彼女は冷たい目で見られたのかもしれない。

『叔父の家には綺麗《きれい》なユリの花が咲《さ》いていた。とても大きな家だった。でも、みんなは私のことが嫌《きら》いだったの。それはしょうがないことだと思うわ。だって私はもらわれてきた子供だったのだから。みんなでお菓子《かし》を食べている時も、遠慮《えんりょ》しなくちゃいけないと思って、がまんしたよ』

ミサキは、病院の裏にある雑木林の中を歩きながら、相原に語ったそうだ。

『叔父さんの家に、男の子が住んでいたの。叔父さんには子供が二人いて、その片方が男の子だった。力が弱くて、お姉さんにいつも泣かされていたけど、やさしい子だった。その子はピアノを弾《ひ》いて、植物に水をやって、泣いていた私を慰《なぐさ》めてくれたの。自分も泣き虫のくせに。一行ずつ交互《こうご》に詩を作って、二人で悩《なや》みながらそれに音楽をつけた。それがこの歌』

彼女は小道を歩きながら、相原の目の前で歌ったという。雑木林の中に歌声がひびいたそうだ。

『その男の子はどうなったの』

相原が尋《たず》ねると、ミサキは振《ふ》りかえり、『え？　何が？』と聞こえないふりをしたそうだ。おどけているように見せて、その瞳《ひとみ》は寂《さび》しげであったという。

やがて成長して十八歳になったミサキは、ある日、叔父の家を出た。数ヶ月、町に部屋《へや》を借りて住み、この病院に入院した。時折、裏庭の大きな樹《き》の下に座り、一人で歌を歌っていたという。彼女が従兄《いとこ》と作った歌である。

今からひと月前のこと。入院していた彼女のもとに、一人の見舞《みま》い客が訪《おとず》れた。それまでミサキに会いに来る人間はいなかったため、相原は不思議に思ったそうだ。見舞い客は若い男で、ミサキとしばらく病室で話をして帰った。

『今の人が……？』

相原がそう尋ねると、寝台《しんだい》に横たわったミサキは小さく頷《うなず》いた。それから相原の方を見ず、自分に言い聞かせるように小さな声でつぶやいた。

『三上《みかみ》リュウイチロウ。それがあの人の名前……。なんて偉《えら》そうな名前なのかしら、まったく、泣き虫のくせに。私には……』

ふと、相原に視線を向けて、どうすればいいのかわからないと首を振った。一時間、首を振り続けた。相原が問いかけても、彼女は何も答えなかった。

三日間、ミサキはだれとも喋《しゃべ》らず、寝台の上にいた。そして四日目のこと。雑木林の小道を散歩していた看護婦が、立ち枯《が》れた巨木《きょぼく》のところを通りかかったときである。葉の落ちた雑木林がひっそりとしている中、白い巨木の枝にぶら下がったミサキを発見したという。赤い帯を枝に巻きつけ、もう一方で首をくくっていたそうである。つま先から地面まで何もなく、枯《か》れ葉の舞《ま》う静かな夕刻だったという。彼女が死んだ場所、それは病院の裏庭、少女の頭部を持つ花が生えていたところであった。

私があの場所で休んでいたとき、通りかかった看護婦が驚《おどろ》いた表情をしていたのにも納得《なっとく》がいく。

遺体は若い男が引き取り、弔《とむら》った。ミサキを見舞《みま》いにきた男であった。相原が彼に名前を尋《たず》ねると、三上と名乗ったそうだ。相原は彼を問い詰《つ》め、ミサキに何を言ったのか、どのような仕打ちを彼女にしたのかを聞こうとしたそうである。しかし、彼の憔悴《しょうすい》した顔を見て、それができなかったという。

『母さんと住んでいたあの家、まだあるかな』

相原がミサキと最後に交《か》わした言葉は、そのようなものであった。

『私と母さんの家は、山の上の方にあったの。ほら、あの山』

ミサキは白い腕《うで》をいっぱいにのばし、窓の外を指差した。

『庭の端《はし》から斜面《しゃめん》になっていて、麓《ふもと》を眺《なが》めることができたの。高くて恐《こわ》かったから、母さんに手を握《にぎ》ってもらって、眺めたんだ』

『退院したら、いっしょに行こうね』

『うん』

相原は彼女から、その住所を聞き出していた。しかし、結局、そこへは行っていないという。

『少し前に、ねえ相原さん、私が言ったことを覚えている？　生まれ変わっても人間にはなりたくないって私は言ったの。でも、生まれてこなければ良かった、とは絶対に思っていないのよ。不思議に思うでしょう？』

ええ、と相原は頷《うなず》く。ミサキは遠い昔を思い出すように目を閉じて微笑《ほほえ》んだ。

『だって、母さんがそう望んだのだもの。私は覚えている。母さんがおなかの中の私に、早くでてこいって、やさしく急《せ》かすのを……』

ミサキの胸の内を思い、私は辛《つら》くなる。自ら死を選ばねばならないほどの狂《くる》おしいもの、それのなんと残酷《ざんこく》なことか。死者の想念、それが生命を断った場所に残り、花という別の形を得たのであろう。私たちは、少女の顔を持つ植物のことを、以来、ミサキと呼ぶようになった。

「この子を、もう一度、家に連れて行ってあげたいな」

相原がいなくなると、ハルキは花を愛《いと》おしげに眺めてつぶやいた。

「私たちには無理だよ。あまり遠出をすると、医者たちが捜索願《そうさくねがい》を出すじゃないか」

中川が首を横に振《ふ》った。

ミサキは病室で歌いつづけた。その鼻歌はどことなく悲しげな響《ひび》きであるように感じた。故郷を想《おも》っているようでも、だれかを求めているようでもあった。夕日の赤い光に照らされた少女の顔、瞼《まぶた》は半開きのままであったが、物言わずじっとする表情は何かを憂《うれ》いているように見えた。歌声は細く、脆弱《ぜいじゃく》な糸の如《ごと》く震《ふる》える。朱《しゅ》に染まる病室に彼女の葉陰《はかげ》が延《の》び、私たちは目を閉じてその調べの中に孤独《こどく》を聞く。

また、ミサキの身に異変が起きようとしていた。以前は青々とした健康的な葉が、どこかくすんだ色になり、端《はし》の方が黄色がかってきた。白くつるりとしていた頬《ほお》も、やせたような気がした。

病気にかかったのかもしれぬと思い、鉢《はち》をくれた老人に相談してみた。実際にミサキの姿を見せるわけにいかなかったが、症状《しょうじょう》を並べ立てると、老人は答えてくれた。どうやら、寿命《じゅみょう》が少なくなっているようであった。花の寿命である。彼女は、枯《か》れようとしていた。といっても、歳《とし》をとって顔が老人の如く老《ふ》けるわけではないようだ。枯れるのと同時に顔へ皺《しわ》が刻まれるというのであれば、つぼみが開いた直後は赤子の顔でなくてはならないので、不思議ではないのかもしれぬ。

ミサキは日に日に衰弱《すいじゃく》していった。水をやり、風にあて、日当たりのいい場所に置いても回復しなかった。細い茎《くき》のなんと頼《たよ》りなさげなことか。自分も含《ふく》めた病室の三人は言葉を交《か》わさず、ただ儚《はかな》い彼女を見つめた。

ある朝、窓際《まどぎわ》の鉢を見ると、ミサキの頭部を包んでいた白い花弁が一枚、脇《わき》に落下していた。私たちはそれを拾い上げて紙に包んだ。ハルキがそれを欲しがった。

里美が電報を持って病室を訪《おとず》れたのは、その次の日であった。

ミサキは体力がなくなったのか、歌うことが少なくなった。そのため、里美が病室に入ってきた時も、だれかが鼻歌でごまかす必要はなかった。頭を支える彼女の茎に負荷がかからぬよう、慎重《しんちょう》に寝台《しんだい》の下へ隠《かく》すだけであった。

土産《みやげ》となる紙袋《かみぶくろ》を持っておらず、里美はただ用件だけを伝えた。

「これを」

椅子《いす》に座らず立ったまま、懐《ふところ》から手紙を取り出す。それは両親からのものであった。

「そこにある通り、三日後、私がお迎《むか》えにあがります。車も手配していただけるようです」

そう言うと里美は、私がどういう答えを返すのかと、顔をうかがった。手紙によると、半ば無理やり、私は家に連れ戻《もど》されることになっていた。私の意思を無視した決定であった。里美はその目付け役として指名されている。

「待ってはくれないのか」

中川やハルキ、そしてミサキと別れがたかった。病院を出て行くことになったら、鉢は病室へ残していこうと考えていた。鉢植えの中の少女を大切に思っていたため、身を裂《さ》かれるが如き苦痛である。私にも少女の鼻歌は必要であったが、それと同じ位に、中川やハルキにも必要であったのだ。

里美は私の言葉を拒《こば》む。

「三日後にまた来ます。その時までに、身辺を片付けておいてください」

そう言い残して、部屋《へや》を出て行った。

ハルキと中川も居合わせており、私たちの話を聞いていた。里美が出て行った後、視線が向けられた。どうするつもりなのかを問い掛《か》ける目であった。二人に返事をせぬまま、自分も病室を出た。

外に出るとすでに夕刻の暗さであった。ミサキを見つけた巨大《きょだい》な樹《き》のもとへ、足が自然と向かっていた。足元がほとんど見えぬほど光は少ない。小道の凹凸《おうとつ》に足をとられ幾度《いくど》も転びそうになる。はたからは夢遊病の患者《かんじゃ》に見えたことであろう。

雑木林の中を歩きながら考えていた。

別れの時が近づいてきている。ミサキはやがて枯《か》れてしまう。自分も含《ふく》め、だれもがいつかは動かぬようになるのだ。それなのに人間といったら、生まれてこなければならない。

立ち枯れの白い巨木《きょぼく》は、闇《やみ》の空に腕《うで》を広げて私を待っていた。ひと月前、少女がぶら下がった木の、なんと静かなことか。

その根に腰《こし》をおろし、両手に顔をうずめる。自分のいるその場所で自ら生にお終《しま》いを下した彼女のことを考える。同じ病院の屋根の下で、私たちは同じものを抱《かか》え、同じように「死」を夢見た。生きることは辛《つら》かったろう。花になる前、震《ふる》える魂《たましい》は何を思っただろう。彼女が死を選んだ正確な理由はわからない。三上という男がどのような人物であったのかもわからぬ。ただ、ミサキも苦しみを抱え、「死」というものにとりつかれていたことを理解した。

この場所ではじめて聞いたミサキの鼻歌を思い出す。すぐそばで彼女が歌っているかの如《ごと》く、それははっきりと耳に蘇《よみがえ》る。

歌よ。冷たい夜空の如く透明《とうめい》な歌よ。そんなにも美しいのに、どうして悲しい気持ちにさせる。

胸の内でミサキに問い掛ける。なぜ、花になった。なぜ、歌を歌う。わずかでも生に未練があったのか。たとえ病室に戻《もど》り声をかけても、鉢植《はちう》えの彼女は答えないだろう。生まれ変わる際に、言葉の記憶《きおく》はなくなったのだ。歌うという、剝《む》き出しの感情表現だけが唯一《ゆいいつ》、神に許されたのだ。

列車事故で亡《な》くした愛する者たちのことを想《おも》った。恋人《こいびと》のやわらかい黒髪《くろかみ》と、そして生まれるはずだった命。この先、胸のつまるような美しい世界があったかもしれぬ。それは厳しい世界だったかもしれぬ。それでも愛する者と見たかった。見せたかったのだ。凪《な》いだ海も、荒《あ》れる空も、すべて。

しかし、自分だけが残った。ようやく得たささやかな自分の居場所も消え、未来も剝奪《はくだつ》された。世界中の人間が、私に意地悪しているように思えた。

この世界に、いったい何が残されているというのだろう。両親や周囲のものたちのため息、嘲笑《ちょうしょう》、それら以外に何があるというのだ。実家に戻《もど》ったところで、はたしてどのように生きればいいのだ。自分勝手に家を飛び出した私は、多くの人間に迷惑《めいわく》をかけてしまった。それでも、怒《いか》りや悲しみを押《お》し殺して母に許しを請《こ》うことができると思えぬ。

死ぬということの、なんと安らぎに満ちたことか。首を吊《つ》った少女よ、それは悲しいことだけど、どんなに正しい決断だっただろう。耐《た》え切れずに、頬《ほお》へ爪《つめ》あとを残す時期はもう去ったと思っていた。

頭の中に鉄が生まれる。悩《なや》み出すとこれである。それは重く、硬《かた》く、熱い。首筋から頭の天辺《てっぺん》にかけて、じんじんと痛みに似た熱を帯びるのだ。私は頭蓋骨《ずがいこつ》の中にある鉄の塊《かたまり》を取り出したいと願う。しかし触《さわ》ろうとすると、頭蓋骨が邪魔《じゃま》をする。いっそ頭の中を爪で掻《か》けたらどんなにすっきりするかわからない。

拳銃《けんじゅう》自殺というものがある。死にたくなった者が、こめかみに銃口《じゅうこう》をあてて引きがねを引くのである。しかし、ある者は言う。

「こめかみに銃口をあてるのはよくない。失敗する恐《おそ》れがある。本気で死にたいのなら、銃口をくわえて喉《のど》の奥《おく》に向けるべきだ」

そのようなことをしたり顔で話す人間を私は嫌悪《けんお》する。拳銃自殺を選んだ者すべてを冒瀆《ぼうとく》していると思う。悩みを知らない人間のいかにも言いそうなことだ。

残念ながら、喉の奥に悩みはない。頭蓋骨の中にそれはある。拳銃自殺をする人間は、はっきりと死ぬことが目的でこめかみを撃《う》ちぬくのではない。ただ頭の中にできる重い苦しみの塊を、銃弾《じゅうだん》という名医に手術してほしいだけなのだ。私はそう言いきる。喉の奥など撃つ気になれない。楽して一瞬《いっしゅん》で死にたいわけではないのだ。

だれか、私に拳銃を与《あた》えてほしい。絶望の圧力が私をぶちのめす。頭を激しく何度も掻いた。頭皮が削《けず》れ、爪と皮膚《ひふ》の間に血のついた髪《かみ》の毛が入る。

突如《とつじょ》、腕《うで》を何者かに押《お》さえつけられた。巨木《きょぼく》の下に自分一人であると思っていたら、ちがった。すでに暗闇《くらやみ》となった雑木林の小道、ランプを持つハルキと中川が立っていた。体を押さえつけているのはその二人であった。

「帰りが遅《おそ》いから探した」

ハルキは咎《とが》める目をしていた。泣きそうな顔にも見えた。

「頼《たの》みがある。ミサキを、いっしょに連れて行ってほしい」

わけがわからず、中川の顔を見る。

「二人で話し合った。あの少女を、故郷の家の庭へ植えてやってくれないか」

彼女が枯《か》れてしまう前にもう一度そこへ連れて行き、母と手をつないで眺《なが》めたという庭からの景色《けしき》を見せたい。二人はそう考えていたのである。

「私らには遠出ができない。でも、あんたなら……」

実家に戻る途中《とちゅう》で、立ち寄ることは可能かもしれない。

私は、死ぬことを少しだけ先延ばしにした。彼女を送り届けよう。ミサキが二度目の死を迎《むか》える前に、故郷の土に植えてあげよう。

私に残された唯一《ゆいいつ》の仕事に思えた。


病院を出て行くその日、まだ里美が迎えに来ないうちから身辺の整理をして旅立つ用意をする。実家のある地方までは遠かった。親が車の手配をするということであったが、その中で一晩、揺《ゆ》られることになるはずだ。

寝台《しんだい》の周囲を片付ける。狭《せま》い空間であると思っていたが、自分の持ち物が消えるとずいぶん広かった。

「風通しがよくなった」

物のなくなった私の寝床《ねどこ》を見て、ハルキが寂《さび》しそうに言った。

里美は昼過ぎに来る手はずであったが、夕刻になるまで来なかった。病棟《びょうとう》の前に丸い植え込みがあり、その周囲に広い空間がある。呼び出されて行くと、そこに運転手の乗った黒塗《くろぬ》りの車が停《と》まっており、脇《わき》に里美が立っていた。同室にいた二人と相原看護婦が見送りに来た。

すでに日は沈《しず》んでいた。車のライトと病院内の明かりだけが白かった。衣類などの入った鞄《かばん》を車のトランクに入れた。

「これを」

中川が、抱《かか》えていた鉢植《はちう》えを手渡《てわた》す。歌う少女の植木鉢である。周囲に白い紙が巻かれ、ミサキの頭部は他の者から見られないようになっている。

鉢を持った私に、里美が視線を向けていた。

「記念にくれるそうだ」

興味がなさそうにうなずき、里美は後部座席の扉《とびら》をあけた。

見送りの三人へ手短に挨拶《あいさつ》する。言葉で多くの別れを言わなかった。会おうと思えば、またそのうちに会えるはずだ。中川とハルキの、意味がこもった視線に、私は頷《うなず》きを返した。

覆《おお》いのかかった鉢を抱えたまま、車の後部へ乗り込んだ。里美も続いて入り、私の隣《となり》に座る。

初老の運転手が車を動かし始める。立ち去り際《ぎわ》、自分のいた病室の窓を振《ふ》り返った。車の中からかろうじてそれが見えた。私にとってそこは悲しみの染《し》み付いた箱であった。幾人《いくにん》の人間がそこで夜をすごしただろう。暗闇《くらやみ》の中で孤独《こどく》を感じただろう。すぐに窓は見えなくなり、ハルキや中川の姿も消える。病院の敷地《しきち》を出ると、ライトをつけた車は夜道を走る。

鉢に巻いた白い紙、上の方は開いている。そこから中を覗《のぞ》くと、ミサキの小さな頭部が見える。車の振動《しんどう》により、細い茎《くき》が揺れる。彼女に負担がかかっていなければいいがと心配する。衰弱《すいじゃく》は激しく、ハミングすることはほとんどなくなっていた。そのため、車内はエンジンの震《ふる》える音だけであった。

隣に座る里美に彼女が見えてはやっかいだと思った。そのため、鉢を体と扉の間に置く。そうすれば、私の体に隠《かく》れて里美からは見えない。

「やけにおとなしく車に乗り込みましたね。実家へ戻《もど》ること、これまでは嫌《いや》がっていらしたのに」

　里美が口を開いた。急に態度を変えたのを訝《いぶか》っている。その遠まわしな話し方が、私に親のことを思い出させる。

「口ぶりがうちの母親に似ている。血はつながらないのに、おかしなことだ」

　運転手は会話に加わらず、ただハンドルを握《にぎ》っていた。病院は山裾《やますそ》にあり、車はしばらくの間、ふもとに沿って走っていた。民家から漏《も》れる明かりが、暗い窓の外を通り過ぎる。いくつかの集落を抜《ぬ》け、鬱蒼《うっそう》とした森の脇《わき》を通り、林檎《りんご》の木が並んだところに出る。

　私は、事前に覚えていた地図を頭の中に描《えが》いた。もうしばらく進むと、車は線路を横切るはずであった。その手前で、車を山の方に向けなくてはならない。でなければ、ミサキが幼いころに住んでいた家へはたどり着けない。

　ミサキの家までの道のりは相原看護婦から教わっていた。彼女がミサキから聞き出していた住所と地図帳を見比べ、家までの道のりを紙に書いてくれた。その紙は懐《ふところ》に隠し持っていたが、見なくともわかった。頭の中にすべて記憶《きおく》していた。

「少し寄り道をしてもいいかな」私は里美に提案した。「山の方に、病院で知り合った者の家がある。そこへ行きたい」

「だめです」

里美は首を振《ふ》った。

「本当に仲の良い友人だった。別れも言わずに去るのは辛《つら》い」

車は構わずに進む。

「ごめんなさい。あなたのご両親から、寄り道をしてはいけないと言われているんです」

山へ向かうための道が窓の外を通り過ぎる。

焦燥《しょうそう》が胸に生まれた。里美に声をかけず、前の座席に手をかけて運転手に直接言った。

「山の方へ行ってください！」

自分でも驚《おどろ》くほど、それは強い口調になってしまった。初老の運転手は戸惑《とまど》ったように、車の鏡越《ご》しに私の顔を見る。

「止めないで！」

里美が叫《さけ》び、直進するよう命令した。不幸な事故で精神が不安定であることを理由にし、私の言葉に耳を貸さぬようにと運転手に説明した。

その話に怒《いか》りを覚え、心が荒《あ》れるようだった。そうやって連れてくるようにと、私の親が里美に入れ知恵《ぢえ》したのであろう。運転手に何かを言っても、私の声は聞こえぬと無視をするようになった。道はゆるやかに曲がり、山の方角から外れる。このまま進めば街の中心に向かう。

不意に車が停《と》まった。目の前に線路が横たわり、遮断機《しゃだんき》が下りていた。赤いランプの点滅《てんめつ》と、高い鐘《かね》の音が耳を劈《つんざ》く。遠くから、線路のつなぎ目を列車が踏《ふ》む音、それが大気を震《ふる》わせて近づいてくる。

私は、傍《かたわ》らの鉢《はち》を覗《のぞ》き込んだ。ミサキはやつれていた。頰《ほお》がこけ、目の下の色が暗くなっていた。疲《つか》れ果てて深い眠《ねむ》りに引きずり込まれたかのようであった。遮断機の音に混じり、いよいよ列車の音が間近に迫《せま》ってくる。決心をする時間である。

私は後部座席の扉《とびら》を開け、鉢を抱《かか》えて出た。後ろから里美の手がのびるのを感じたが、つかまらなかった。私は車の前方に向かって走った。里美が遅《おく》れて車を出る。

線路に近寄り、遮断機を潜《くぐ》り抜《ぬ》ける。列車の巨大《きょだい》な顔が目の前まで来ていた。かろうじて線路を横切った瞬間《しゅんかん》、直前まで私のいた場所をそれが通り抜ける。轟音《ごうおん》と同時に、巨大な空気の圧力。咄嗟《とっさ》に鉢をかばった。列車内からもれる連なった白い明かりが横顔を照らしては過ぎ去る。

里美は列車にはばまれて線路を渡《わた》ることができなかった。私は金属の車体が走り去らぬうちに、傍らの森へ逃《に》げ込んだ。

四

頭の中に記《き》憶《おく》していた地図に従い、ミサキの家がある方へ向かう。鬱蒼《うっそう》とした樹《き》の密集、枯《か》れ葉を踏《ふ》みながら鉢《はち》を抱《かか》えて歩く。

頭上を見る。背の高い樹々《きぎ》の枝に、細い三日月が見え隠《かく》れしていた。そのかすかな明かりを頼《たよ》りに、少女の顔を確認した。激しい動きをして、頭部を支える細い茎《くき》に負担がかかったのを恐《おそ》れていた。しかし、大丈夫《だいじょうぶ》であったらしい。

私の履物《はきもの》や衣類は、山の中を歩くためのものではなかった。そのため、足元は危《あや》うく、腕《うで》は尖《とが》った枝のために傷をつけられた。

里美が追いかけてこなかったのを見ると、どうやら私の姿を見失ったようである。もう見つからぬであろうと見当をつけると、樹々の間から出て人の生活する道を歩く。

何時間も歩きつづけなくてはならなかった。植木鉢を覗《のぞ》くと、ミサキはいよいよ青白い顔をしていた。月光のためだけではないように思う。一歩、踏み出すごとに、ミサキの顔の入った花が、茎にぶら下がってゆれる。それがいかにも弱々しく、ゆっくり歩くよう心がける。

夜の空気は肌寒《はださむ》く、枝につけられた傷が痛んだ。歩くうちに道は上り坂となる。ミサキの家は、山の上にあるのだ。踏み出す足に疲労《ひろう》が重くのしかかり、息が切れる。いくら歩いてもミサキの家は遠く、まるで近づく気配がなかった。見知らぬ道だったからか、本当に地図が合っているのかという不安が付きまとう。暗い夜は私を突《つ》き放し、体力の限界で倒《たお》れこむのを待っているようだった。

しかし、ミサキのことを思うとそれも無関係になる。痛みや疲労も消え、たとえ道が違《ちが》っていても引き返して別の道を歩けばいいだけだと考える。少女が生前に望んでいた通り、思い出の庭を見せてやりたいという気持ちがあふれる。それは不思議な心地《ここち》であった。自分が生まれこれまで生きてきたのは、彼女のためだけだったのではないか、そう思えた。腕の中にある小さな少女、その存在を思うと私は胸がつかまれる気持ちになる。

やがて、地図に記されていた目印の小学校を見つけた。道が合っていることを確かめる。次第《しだい》に民家同士の隙間《すきま》が広がり、山頂へ向かう道は細くなる。

東に明るさが生まれるころ、私は、ミサキの家があるはずの集落についた。人が住んでいるのかと思うほど、閑散《かんさん》としたところだった。目につく家々は森の樹に半ば埋《う》もれて、空家であるように見えた。ほとんどの家の脇《わき》に、農作業用の器具が立てかけられている。

早朝の畑仕事に向かう老女とすれ違い、人が住んでいることに安堵《あんど》する。老女は手ぬぐいを頭に巻き、鍬《くわ》を抱えて私を振《ふ》り返る。好奇《こうき》の視線であった。この辺りを訪ねてくる人間は少ないのであろう。

相原の地図は正しかった。石段を上り、石碑《せきひ》を越《こ》えたあたりに、ミサキの家へと続くわき道があった。それは木のトンネルであった。細い獣道《けものみち》である。両脇は雑草が生《お》い茂《しげ》り、密集した木の壁《かべ》ができている。見上げると枝が屋根となり、朝陽を隠していた。森という管の中を進むようであった。病院の裏庭にあった、雑木林の小道を思い出させる。

不意に視界が開けると、空が現れた。木のトンネルは最後に、森の開いた空間へつながっていた。

山の斜面《しゃめん》にできたへこみの如《ごと》き場所であった。その広場はささやかな大きさではあるが、地面を青い草が覆《おお》い、周りを木の壁《かべ》に包まれ、山奥《やまおく》に隠《かく》された楽園のようであった。中心に小さな家がある。そこが幼いミサキの暮らした建物であろう。まだ残っていた、といううれしさがこみ上げる。

歩いてきたわき道の反対側には、一切、木がない。ただの空である。空中の庭園にさまよい出たかの如き光景である。そこが斜面になっており、町を見下ろすことができるのだろう。

ふと、家の煙突《えんとつ》から煙《けむり》が出ているのに気づく。だれかが住んでいるのだ。新しい居住者だろうか。人の住んでいるということは予想しておらず、わずかに不安を感じる。

少し迷い、家の戸を叩《たた》く。現れたのは若い男であった。見たこともない顔である。いや、どこかで見たような気もする。しばしば病院で見かける患者《かんじゃ》の如く、生気のない表情である。辛《つら》いことを体験し、皆《みな》と同じように笑うことの少なくなった人間の持つ悲しい暗さが感じられた。家を訪ねて来る者などいないのだろう。彼は少し驚《おどろ》いた顔で口を開く。

「……何の用ですか」

覇気《はき》のない声で彼は質問した。私はどう答えるか一瞬《いっしゅん》だけ躊躇《ためら》った。

「以前、この家に住んでいたはずの、柄谷ミサキさんの友人です」

そう口にした。彼は不審《ふしん》げな顔をする。

「ミサキに友人はいないはずです」

「あなたはだれなのですか。ミサキさんと親交のあった方ですか」

「自分は三上という者です」

私は、自分の心臓が速くなるのを感じた。

ミサキの――……。

目の前の男を改めて眺《なが》める。頬《ほお》がこけ、目は落《お》ち窪《くぼ》んでいた。どうやらこの家に一人で住んでいるらしい。

ミサキの生まれ変わりを連れてきた。そう説明し、すぐにでも花を見せたかった。しかし、唐突《とうとつ》にそう言うことは躊躇われた。

「会えてうれしい。あなたのことは、ミサキさんからよく聞いた。私は入院中に、彼女と親しくなった。でも、少し待っていてほしい」

そう言い残して、麓《ふもと》を眺めることのできる方へ向かう。鉢植《はちう》えのミサキに、まずは庭からの眺めを見せてやりたい。その作業を済ませてから、ゆっくり彼と話をする方がいいと考えた。

斜面の方に向かいながら、後ろを振《ふ》り返る。背景が視界いっぱいの森という中で、小さな家の脇《わき》に三上は立ったまま、遠ざかる私を見ていた。唐突に現れた来訪者に戸惑《とまど》っている様子であった。

庭の端《はし》は崖《がけ》の如く切り立っていた。囲いもなく、そこから唐突に地面がなくなる。落ちたら命を落とすであろう。視線を上げると、はるか遠くまで見渡《みわた》すことができた。そこに立つと、最初、空中に放り出されるような恐怖《きょうふ》さえ感じる。まだ幼いミサキが、母親に手を握《にぎ》ってもらわなくてはならなかったのを理解する。

遠くに海が見える。朝の新しい太陽がそこに反射している。凝縮《ぎょうしゅく》した光である。それが私の鼻や目の下を温かくする。

ミサキの鉢《はち》を地面に置き、紙の覆《おお》いを外した。庭の端《はし》、見晴らしがよい場所を選んで穴を掘《ほ》る。道具はないから手作業になった。揺《ゆ》らさぬよう注意して、少女の顔を持った植物をそこへ移動させる。

夜通し歩いているうちに彼女の花弁は落下し、もう一枚も残ってはいなかった。茎《くき》の先に花のがくがあり、そこに少女の頭部がある。長い黒髪《くろかみ》の中、ミサキは目を閉じている。鉢の土ごと、故郷の庭へ植える。

根元に土をかぶせながら、私は改めて景色《けしき》を眺《なが》めた。ここで十年近く前、ミサキは母と並んで立っていたのだ。それが私を不思議な気持ちにさせる。

ミサキは母と二人暮らしであった。この小さな土地、子供だった彼女にとって、母は唯一《ゆいいつ》の話し相手だったのではないか。その頃《ころ》、彼女は幸せだったに違《ちが》いない。花がただ咲《さ》いているように、無心で生きていたに違いない。

ここでの見晴らしを思い出している間、彼女の胸には、母のことが蘇《よみがえ》っていたのだろう。つらいことがあったとき、ここへ帰ってくることを望んでいたのだろう。叔父《おじ》の家に行き、知っている者のだれもいないところで、ここでの思い出だけが拠《よ》り所《どころ》だったのではないかと思う。この景色のことを、叔父の家や病院で、幾度《いくど》、思い出したことだろうか。

ミサキの根元にすっかり土をかぶせ終えると、私は長い息を吐《つ》いた。仕事は終わった。それまではりつめていた心の糸が、ほどけていくのを感じた。

唐突《とうとつ》に、後ろから声をかけられた。知っている声であった。振《ふ》り返る。里美がそこにいた。三上と並んで、こちらに歩いてくる。どうやら車を道に待たせて、一人で木のトンネルを潜《くぐ》ってきたようだ。

「探しました」

里美の声は、怒《おこ》っているという風ではなかった。むしろ、心配していたという響《ひび》きを持っていた。その手に、相原看護婦の描《か》いたこの家までの地図が握られていた。自分の懐《ふところ》に手をやると、いつのまにかその紙が消えているのに気づく。どうやら車内に落としていたらしい。

私は急に、実家へ無理やり連れ戻《もど》されるということを思い出した。心が冷たくなる。

里美が目の前に立った。私の腕《うで》に手を伸《の》ばす。

「少し待ってほしい。この人と話をしたい」

私は三上の方を示して口にした。里美が険しい顔をし、首を横に振った。

「家でご両親が待っています」

「すぐに済む」

「時間稼《かせ》ぎはもういいでしょう。あなたは、また逃《に》げるつもりなんです」

私は口籠《くちご》もる。里美の言うことは当たっていた。それに、ここには見晴らしの良い逃げ道も用意されていた。

里美は両手で私の片腕《かたうで》を引っ張った。三上を振《ふ》り返って言う。

「ご迷惑《めいわく》をおかけしました。すぐに出て行きます」

そのまま斜面《しゃめん》から遠ざかるように歩かされた。一歩ずつ、着実にもときた方向へ向かわされる。三上はそばを一緒《いっしょ》に歩きながら、理由を聞きたそうな顔で私たちを交互《こうご》に見た。

「三上さん、本当に、お騒《さわ》がせしてすみませんでした」

私は手を引かれながら謝《あやま》った。彼は首をひねった。

「あなたたちは……？」

私は答える。

「……ミサキさんを連れてきました」

三上が私に向かって、何を言ったのかわからない、という表情をした。その瞬間《しゅんかん》、私は身を翻《ひるがえ》す。虚《きょ》を衝《つ》いたためか、里美の腕はかんたんに解《ほど》けた。体が自由になり、私は走った。進んでいた方向とは反対、斜面へ向かって。

全力の疾走《しっそう》であった。視界を埋《う》める空の割合が、次第《しだい》に大きくなる。地面の端《はし》が近づく。ほったらかしになった空の鉢《はち》とミサキが目の隅《すみ》に映る。それらから少し離《はな》れたところを抜《ぬ》けて、空中に私は逃げるつもりであった。後は、苦しみの終わりが訪《おとず》れるはずだ。地面が消え、体を空気に預けようとした瞬間、私は見た気がした。それまで一度もはっきり開かれることはなかったミサキの目が、大きく開いていた。

私は立ち止まった。後ろから追いかけてきた里美と三上が、私を羽交《はが》い締《じ》めにした。叫《さけ》び声をあげながら、それを必死で振りほどこうとする。

二人がかりの力は強く、私は完全に拘束《こうそく》された状態であった。少しの間、悲鳴があがり、混乱と激しい意思のぶつかり合いが生じた。その時間は長かった気もした。私は全身を土とほこりにまみれさせていた。

やがてもみあう私たちは、どこからか歌が聞こえるのに気づいた。最初に私が動きをとめ、他の二人も動かなくなった。私は歌の出所にすぐ気づいた。騒乱《そうらん》から少し離れたところに咲《さ》いている、すべての花弁を散らした花が、鼻歌を歌っていた。

私の視線の先を追いかけて、里美と三上がはじめて注目した。耳元にささやくような、小さな声。病室で聞いていた胸を打つ調べ。ミサキが、周りの騒動《そうどう》など存在しないかの如《ごと》く、一心に歌っていた。私を羽交い締めにしている二人の力が、すっと抜ける。

私は腕を振り払《はら》い、ミサキに近寄って膝《ひざ》をつく。彼女の顔を覗《のぞ》くと、やはり、今まで半分閉じられたままだった瞼《まぶた》がいっぱいに開かれていた。黒い真珠《しんじゅ》の如き、美しい瞳《ひとみ》である。黒髪《くろかみ》と葉を風で揺《ゆ》らし、眼下に遠く広がる光景を、驚《おどろ》いたように眺《なが》めていた……。

ミサキの住んでいた家に上がらせてもらった。それは家というよりも庵《いおり》であった。木で組み草で葺《ふ》いた粗末《そまつ》な小屋である。中は部屋《へや》が一つだけで、ほとんど家具はない。四方は雨戸が壁《かべ》のかわりである。それを開け放っていると庭が見渡《みわた》せた。庭の端《はし》に植えられたミサキも、そこからよく見えた。

里美には、車で待っていてもらうことにした。後で説明する、とだけ私は声をかけた。少女の顔を持った植物を見せられ、反論する気を失っていたようであった。里美は頷《うなず》くと、黙《だま》って従った。

私と三上は向かい合って正座した。何から話せば良いのかお互《たが》い迷っているうちに、沈黙《ちんもく》が長くなった。

「あの歌は、ミサキと私が作ったものです」

やがて彼は言った。

「では、やはりあなたがミサキさんの従兄《いとこ》なのですね」

三上は頷いた。

「私が十一の時、彼女はうちに引き取られてきました」

三上は目を閉じた。当時のことを思い出したのか、一瞬《いっしゅん》、微笑《ほほえ》んだ。寂《さび》しそうな微笑《びしょう》であった。私はそれで理解する。彼らは愛し合っていたのだ。

それならば、なぜミサキはあの病院に一人ぼっちで入院していたのだろうか。どうして彼は頻繁《ひんぱん》に彼女のもとを訪《おとず》れなかったのだろうか。

「やがて数年が経《た》ち、私たちが大人《おとな》になったころでした。私は、父の決めた相手と結婚《けっこん》することになったのです」

「ミサキさんとのことは、ご両親に反対されたのですね……」

その痛みが、私には理解できた。胸が締《し》め付けられる気がした。

「ミサキはかつて言いました。私はこの世にいてはいけない、と。それは恐《おそ》ろしく切実な、背中の震《ふる》える声でした。きっと、母親のことでだれかから酷《ひど》いことを言われたのでしょう。彼女は、自分が皆《みな》を不幸にすると思っているところがあった。ひっそりと生きて、だれにもかかわってはいけないのだと、自分に言い聞かせていました」

消え入りたい。消えなくてはならない。それは使命にも似た気持ちだったという。彼女はいつのまにか、自分を穢《けが》れた存在であると思っていたようだ。

「私が親の決めた結婚を渋《しぶ》っていると、ミサキは言いました。自分などいなければよかったのに、ごめんなさい、と。そして何度も謝《あやま》ると、次の日に家から忽然《こつぜん》と消えてしまった……」

「彼女は別の町で数ヶ月を過ごして、そしてあの病院に入っていた」

三上は悲しげに頷いた。

「しかし、私はミサキのことを諦《あきら》めた。いえ、そうなるように努力しました。……妻をもらったのです。両方の家にとって、それは良い決断でした。しかし、ミサキのことを完全に忘れることはできず、結婚《けっこん》してからしばらく経《た》ったころ、八方に手を回して彼女の行方《ゆくえ》を探しました」

「やがてあなたは、あの病院に行き着いた……」

次第《しだい》に息苦しくなってくる。彼らのことを思い、つらくなってきた。

「故郷であるこの場所のことはミサキによく聞かされていたので、この地方を中心に探していました。病院から、柄谷ミサキという名の女性が入院していることを聞いたのは、ひと月ほど前のこと、それからすぐに、私は妻と家に別れを告げました……」

ああ、そうか。私は気付く。これは、ミサキの母親と同じだ。繰《く》り返しなのだ。

「私はミサキに会い、言いました。『妻とは別れた。結婚してくれないか』と……」

かつて彼女の母親も、同じようにして相手の家庭を壊《こわ》した。そして、そのきっかけとなったのもミサキだったのだ。それゆえに彼の愛は、彼女の心臓を貫《つらぬ》く短剣《たんけん》であったのだろう。呪《のろ》われた鎖《くさり》の存在を知ったのだろう。だから、死ぬことを実行に移した。死なねばならないと感じたのだろう。

「母親や、彼女の出生のことは聞いていました。それなのに、私はミサキのことをよく理解していなかった。なんと愚《おろ》かなことだろう。不用意な言葉で、彼女は……」

三上は視線を落とした。目の下がいっそう暗くなる。

「あなたのせいではないと思う。これは偶然《ぐうぜん》なんだ」

「彼女は母親のことをよく思い出していました」

母さんが私に言った言葉を、あなたにも教えてあげる。ミサキはそう言って、昔のことを懐《なつ》かしそうに語ったという。

「私が今、この家にいるのはそのためです。ここは、世界で唯一《ゆいいつ》、ミサキの心を安らかにしてくれた場所だから」

病院の雑木林で鼻歌を歌っていたという生前のミサキを想像する。どういう気持ちでいたのだろう。歌いながら、三上や母親のことを思い出していたのだろうか。

次に、私が説明する番であった。私は、花になった彼女のことを彼に話した。自殺した場所で、彼女の生まれ変わりを見つけたこと。鼻歌のこと。病室の人間が歌声に救われたことなどを語った。

三上はその間、寂《さび》しそうに庭の方へ顔を向けていた。視線の先に、植物となった少女が見える。風に葉を揺《ゆ》らしている。一瞬《いっしゅん》、その花のある場所に、並んで立つ母娘《おやこ》の背中が重なった気がした。しかし、まばたきをした瞬間《しゅんかん》にそれは消え、気のせいであったことを知る。

お互《たが》いに話し終えると、疲労《ひろう》で体が崩《くず》れそうだった。私たちは深く息を吐《は》き出す。ふと、彼は立ちあがり、唯一の家具といっていい小さな箪笥《たんす》に近寄る。

「彼女のもので、残っているものは少ない」三上は、一枚の紙片を取り出した。「あなたにこれを持って行ってほしい。……持っていたくないのなら、処分してください」

私はそれを受け取った。丁寧《ていねい》に折ってある。三上の方を見て、今ここで読んでいいのかと尋《たず》ねる。彼は何も言わず、ただ首を縦に振《ふ》った。

その紙は決して上等な紙ではなかった。縁《ふち》が黄色がかり、破れかけている。紙を開くと、ミサキのものであるらしい一生懸命《いっしょうけんめい》な筆跡《ひっせき》で文字が書かれていた。人の名前が、いくつか連なっている。苗字《みょうじ》はなく、名前だけだ。私はすぐに気づいた。母となる女性が、生まれてくる我が子の名を考えた跡《あと》である。男の子の名前もあれば、女の子の名前もある。

小さな紙片を正視できなかった。それは、何度も繰《く》り返し読まれて折り目がつき、皺《しわ》だらけであった。私も寝《ね》ていたあの病院の寝台《しんだい》の上で、彼女は穴が開くほど眺《なが》め、考えていたのだろう。心の中はどのようであっただろうか。

彼女は、自分が生きていてはいけないと感じていた。消えていなくなりたいと思っていた。それでも産みたかったのだ。胎内《たいない》に息づく子供に、名前を持たせたかったのだ。

「彼女が私の前から去ったのは、そういう理由があった……」

三上の言葉に、私は頷《うなず》いた。もちろん、その通りだ。首を吊《つ》った時、彼女のおなかは膨《ふく》らんでいたのだ。

私たちは立ちあがり、家を出た。庵《いおり》の前で、しばらく二人で耳をすませる。歌声が聞こえてくる。木に包まれる小さな斜面《しゃめん》の空間、森の開いた場所に、彼女の歌が静かにあふれる。

三上に別れを告げた。彼は頭を下げると、歌う花のもとへ歩いて行った。ミサキの隣《となり》に座り、茎《くき》の先にある少女の頭を見つめている。悲しい背中から視線を外し、私はもらった紙片に、もう一度、目を落とした。

頭の中で、なぜかハルキの遊ぶ姿が思い出された。病院の廊下《ろうか》、光と影《かげ》の境界線上を歩く場面だ。ハルキは両手を広げて目を閉じ、素足に感じるあたたかさだけをたよりに歩く。

私たちは皆《みな》、そうなのだ。同じような格好で生きている。一方には白い地平が広がり、もう片方には暗闇《くらやみ》の地平が広がっている。その境界線の上を、危なげに歩いているのだ。

暗闇の、負の引力が手をひっぱる。白い地平の、肯定《こうてい》的な力が励《はげ》ます。あるとき、気付くと負の力に救いを見出し、足元がよろめいて黒い地平の上に倒《たお》れこんでしまう。ミサキも影の方に傾《かたむ》き、引っ張られてしまった。私はそれが悲しかった。結局、苦しみの鉄が頭に収まりきらなくなると、その重さでよろめき倒れこんでしまう。子供という絶対に肯定的な力をもってしても、彼女は負に呑《の》まれることしか道がなかった。私はそのことに絶望を感じる。

重い足取りで里美の待っている方へ向かっていた。そのとき、三上が私を呼ぶ声を耳にする。振り向くと、彼は花のそばに立ちすくみ、困惑《こんわく》したように花を凝視《ぎょうし》していた。尋常《じんじょう》ではない様子であった。

「どうしたのですか……?」

わけがわからずに尋《たず》ねた。彼は首を横に振《ふ》る。

「さっきは気づかなかった、思い出の歌にばかり気がむいていたから……」

声を張り上げて告げた。

「似ているけれど、彼女じゃない、この花の顔はミサキではないよ……！」

一瞬《いっしゅん》、聞き違《ちが》いだと思った。しかし、理解はすぐに私の体を貫《つらぬ》いた。

信じられなかった。だがそれ以外には考えられない。

ミサキは産みたかった。そして、世界を見せたかった。腹の中の子供に、この世へ生まれてきて欲しかった。

あの歌う花は、ミサキのぶらさがっていた真下で生まれた、彼女の子供だったのだ。最初に三上を見たとき、どこかで会った気がしたのも当たり前だ。あの花の少女には、彼の血が半分、混じっているのだから。

三上が花に向かって膝《ひざ》をつく。彼も気づいたに違いない。

ミサキが生前、立ち枯《が》れの木の下で口ずさんでいた歌。それは、腹の中にいる自分の分身に聞かせていたものだったのだ。胎児《たいじ》は夢うつつの中でそれを聞いていた。だから花となったとき、言葉を知らなくとも母の歌ったやさしい調べだけは覚えていた。

腹に子供を抱《かか》えたまま首を吊《つ》った少女よ。あなたは死ぬことを実行しながら、それでいて産むことを望んだ。何と不思議なことだろう。私は思う。あなたが母から受けた愛情、この土地での思い出、そのひとつひとつが、生まれてくる子供に収束したのではないか。母の娘《むすめ》だったあなたは、また自分も、母親になりたかったのだね。母と庭からの眺《なが》めを見たように、腹の中の子供にも、この美しい世界を一目、見せてあげたかったのだね。

冷たい死の世界に向かいながらも、産みたい、生まれたいという魂《たましい》の声は聞き入れられたのだ。あなたの子は歌い、太陽を感じ、風にゆられた。光を浴びてただ歌うその行為《こうい》は、真実に生きていることへ直結する純粋《じゅんすい》な行為のように思う。無心に歌う姿、それのなんと肯定的《こうてい》だったことか。

あの巨木《きょぼく》の下、あなたが大きな腹に聞かせていた歌を、花として生まれた子供が覚えていてくれた。そうと知ったときに、決して失われることはない母娘《おやこ》の因果を感じた。

次第《しだい》に高さを増してくる朝日の中、静かな風に乗り、少女の鼻歌が聞こえてくる。母親が唯《ゆい》一《いっ》、教えてくれた言葉である。

三上とその子供に、私は大声で別れを告げた。そしてミサキのかつて住んでいた小さな故郷を離《はな》れる。彼女が残したぼろぼろの紙片を握《にぎ》り締《し》めて……。

終

小道を抜《ぬ》けたところに、黒い乗用車が停《と》まっていた。里美がその横に立っている。私が来たのを見て、安堵《あんど》する素振《そぶ》りを見せた。

車に近寄り、黒い車体に寄りかかる。私たちは並んで、しばらくそのままじっとする。風もなく、傾斜《けいしゃ》した山道は静かであった。車の中で、運転手が少し身じろぎをした。

子供のころ、私たちは一緒《いっしょ》に山を歩いたことがある。そのことを思い出した。一面に広がった、腰《こし》まである深い叢《くさむら》。そこにわけいり、夏の日差しに焼かれる青草の匂《にお》いを嗅《か》いだ。汗《あせ》でにじんだ肌《はだ》に、草の破片がついた。私はそのころ、一心に生きて、笑っていた。

私は口を開いた。

「昔、母に、『私が一番大切にしているものは、あなたよ』と言われたことがある」

里美は私の目を見つめて返事をする。

「お母様はあなたを愛していらっしゃるのですから」

私は頷《うなず》く。その通りだろう。わかっている。だから私は、こんなにも苦しいのだ。どんなに憎《にく》んでいても、私は母の言葉を思い出して何も言えなくなる。親に迷惑《めいわく》をかけたことを恥《は》じてしまう。

里美が後部座席の扉《とびら》を開けた。乗りこむと、運転手はゆっくり車を出発させた。私は、隣《となり》に座る里美に尋《たず》ねた。

「子供を産めなくなった私に、母は何をさせたいのだろうか」

すると、彼は痛々しげに私を見て答える。

「何も望んではいません。お母様はただ、あなたのことを心配していらっしゃるだけですよ

……」

私はかつて列車事故に遭《あ》い、二人もの愛する人間を失った。恋人《こいびと》と、私の腹の中にいた子供である。二度と子供は産めないと医者に言われた時、私の人生から光は消えた。

絶望は苦しかった。生きるのも辛《つら》く、この世のすべてが憎《にく》く感じた。一切のものが私を否定し、自分だけ巨大《きょだい》な暗闇《くらやみ》に取り残された気がした。

しかし、あの子の歌声が、私や病室にいた者たちを、幾度《いくど》、暗闇から救ったことだろう。ハルキや中川も、産科のあの病室にいた者たちはそれぞれ似た境遇《きょうぐう》であった。堕胎《だたい》や流産の末、だれも子供を産むことはできなかったのである。それゆえ、ミサキの子供を愛《いと》おしいと思ったのは当然の成り行きだったのかもしれぬ。

車の窓ガラス越《ご》しに外を見る。過ぎ去る道端《みちばた》の樹々《きぎ》。その隙間《すきま》から、光の破片が零《こぼ》れ落ちてくる。私はまぶしさに目を細めた。輝《かがや》きのために視界が白くなる瞬間《しゅんかん》、ミサキや自分、そして母のことを考える。

私は、母と話をしなければいけない。すぐに打ち解けるというわけにはいかないだろう。完全に許せる日はまだ先かもしれない。それでも会わなくてはならない。

たった今、気づいたのだ。私は罵《ののし》って良かった。苦しみをぶつけて、喧嘩《けんか》になっても良かったのだ。どうしてそんな単純なことを考えなかったのだろう。産んで、愛してくれたことを感謝している。だけどそれを負い目に感じてはいけなかった。

頭が割れるような悲しみを、口汚《くちぎたな》い言葉でもいいから母に伝えたい。そして理解してほしい。私がどんなに辛い気持ちでいたかをわかってほしい。大丈夫《だいじょうぶ》、どんなことになろうと、母娘《おやこ》のつながりが完全に切れてしまうということはないに違《ちが》いない。

昨夜、ミサキの娘《むすめ》を胸に抱《だ》き、暗闇の中を歩いた。その時に感じた不思議な力強さを思い出す。震《ふる》えるような切なさと、泣きたいほどの愛《いと》おしさ。

私は気づくと嗚咽《おえつ》をもらしていた。後部座席の窓ガラスに手を当てる。葉に遮《さえぎ》られるまだらの太陽。手のひらにその温かさを感じる。この世に生まれるということは、なんと辛く、そして光に満ちているのだろう。私はミサキのかわりに、あの子の良い母親になれただろうか。それだと私は嬉《うれ》しい。

あとがき

僕《ぼく》は今日現在まで、角川スニーカー用に次の短編・中編小説を書きました。

1、「Calling You」（ザ・スニーカー2000年4月号掲載《けいさい》）
2、「しあわせは子猫のかたち」（ザ・スニーカー2000年8月号掲載）
3、「傷 -KIZ/KIDS-」（ザ・スニーカー2000年10月号掲載）
4、「失踪HOLIDAY」（文庫書き下ろし）
5、「華歌」（文庫書き下ろし）

このうち、2と4はスニーカー文庫から出版された『失踪HOLIDAY』に収録されています。1、3、5はこの本に入っており、つまり僕がザ・スニーカーに書いた小説はこれで全部、本にまとめられたことになります。

思い返してみると、ほとんどの話は、僕が大学の研究室に配属されていた時期に書いたものでした。理工学部だったので、普通《ふつう》なら寝《ね》る時間もおしんで研究しなくてはいけなかったはずですが、ひそかにさぼり倒《たお》しては文章を書いていたわけです。

担当編集者から、

「どうやって研究をさぼりつつ執筆《しっぴつ》していたのかについてあとがきを書けば、おもしろいものになるのでは？」

と言われました。なるほど、それはいいかもしれない。当時の慌《あわただ》しさをドタバタした調子で書けるかもしれない。

そう思っていたのですが、改めて思い出すと、特別におもしろいあとがきが書ける「さぼり大作戦」みたいなものはありませんでした。ただ顔をうつむけて皆《みな》の白い目に耐《た》えながら逃げ帰ってみたり、先生が研究室に来たらさりげない調子で部屋を出てそのまま戻《もど》らなかったりという、どうしようもない学生だったのです。

そこで、今回のあとがきでは、これまでに書いた作品のことを振《ふ》りかえってみたいと思います。

1を書いたのはもう1年半以上前のことでした。僕が一人暮しをしているアパートへ、突然《とつぜん》、角川の方から電話がかかってきたのです。

「小説を依頼《いらい》したいのですが、一度、会って食事をしながら話をしましょう」

そんな内容の電話でした。

当時、僕《ぼく》は角川書店で仕事をさせてもらったことはありませんでした。しかし、その電話のようなやり口は知っていました。ごはんをおごって、仕事を断りにくくしようという魂胆《こんたん》に決まっているのです。

僕は内心、憤慨《ふんがい》しました。食事ごときでほいほい仕事を引き受けるような程度の低い人間に見られた気がしたのです。何かを食べさせられたくらいで、仕事を受けるわけがない。僕を食い物につられて仕事をする卑《いや》しい人間のように思って欲《ほ》しくない。そういう勇ましい気持ちのまま駅前でスニーカー編集部の方にお会いしました。

さて、その結果、僕はザ・スニーカーで短編を書くことになりましたが、それは編集者の方の熱心さに心を打たれたためでした。決して、そのときに食べさせられた上海蟹《シャンハイがに》などとは関係ありません。まったくの無関係です。

食事が終わり、新幹線で帰っていく蟹……ではなくてスニーカー編集者を見送りながら、僕は以前から考えていた1の話をこの機会に書こうと思いました。

ところで、完成した1が雑誌に掲載《けいさい》されてほぼ1年後、『オーロラの彼方に』という映画が日本で公開されました。実はこの映画、中核《ちゅうかく》にあるアイデアが1とまったく同じなのです。話の内容は異なっているのですが、現在、僕は作者特有の被害妄想《ひがいもうそう》から「やばいやばい、パクリだと思われてしまう」と心配しています。

今回、この本のどこかに「Calling You」の英語の歌詞が入っているそうです。実を言うと、

1を書いたとき、詩の内容を知りませんでした。もしもここで、この歌が出版禁止用語続出のすごい詩だったりしたら、僕ははたしてどうなっていたのでしょうか。読者の方に靴《くつ》とか投げられていたのでしょうか。ともかく、変な内容の歌ではなくてほっとしています。

この後に2を書いたとき、えらくプレッシャーがあったのを記憶《きおく》しています。

2000年の夏ごろ、急遽《きゅうきょ》、「雑誌にスペースが空いたけど、書いてみませんか？」という電話を受けて、速攻《そっこう》で書いたのが3でした。

研究が忙《いそが》しいというのに、なぜそんな仕事を引き受けたのかというと、研究から逃げる名目が欲しかったからです。テスト前に部屋の片付けをするようなものでしょう。あるいは受験勉強しなくてはいけないのに、2時間も犬を撫《な》で続けるようなものでしょう。

さて、そのころには、僕はもう大学4年生となり、研究室に配属されていました。

研究室に所属して、まず最初にすることがあります。それは、自分のメールアドレスをもらうことでした。研究室にはたいてい、共有のパソコンがあり、僕は他の人の迷惑《めいわく》をかえりみず、そこで編集者とメールのやり取りをしていました。

3を書いたころ、劇場でジャッキー・チェンの映画『シャンハイ・ヌーン』をやっており、同じ研究室のY君と見に行きました。彼は大のジャッキーファンなのだそうです。そこで僕は、「ジャッキー・チェンより」と称《しょう》して彼のアドレスにメールを送りました。

しばらくして、彼は実にうれしそうに言いました。

「すごいよ！　ジャッキーからメールが来たよ！」

まったく愚《おろ》かなヤツです。本当にジャッキーからメールが来たと信じこんでいたのですから。

しかし僕《ぼく》は、彼の夢を壊《こわ》してはいけないと思い、「よかったね」と一緒《いっしょ》に喜んであげました。

後日、僕のアドレスに、「スピルバーグより」と書かれたメールが来ました。あの世界的に有名な映画監督《かんとく》からメールをもらえるなんて、と喜びました。このことをY君に言うと、「あ、そう」とヤツはうなずきました。僕は内心、偽《にせ》ジャッキーのメールより、自分のもらったメールの方が、本物の分だけ価値があるな。と思いました。それと、意外にスピルバーグは日本語の文章がうまいなと、そのメールを読んで思いました。


当初は1から4まで収録した本が出版される予定でした。しかし、なぜかずるずると4が長い話になってしまい、2と4だけを収録した本が出版されました。それが『失踪HOLIDAY』です。

その本が出版された当時、僕は知人の作る自主映画の撮影《さつえい》を手伝って砂丘《さきゅう》へ行くことがありました。見渡《みわた》す限りの砂の中、機材を運んだりしたわけです。ひまな時間に、砂の上へ大きく「HELP!」と文字を書いて漂流者《ひょうりゅうしゃ》ごっこをしていました。

後日、『キャスト・アウェイ』という映画を見たときのこと。無人島に漂流したトム・ハンクスが、僕と同じことを大スクリーンの中でやっているではありませんか。

僕はすっかり興奮し、うれしくなって、映画が上映されている間、心の中でずっと笑っていました。本来、笑うシーンではなかったのですが。

ちなみにその後、砂浜に「HELP！」と文字を書く遊びは、「キャスト・アウェイごっこ」と改名されました。僕の中でだけ。

そして、気づくと僕は卒業研究を終えていました。

研究が終わってから卒業式までの2ヶ月間、実務訓練というものを大学でやっていたのですが、適当にさぼりながら、もう1冊の短編集を出すために書き下ろしの計画を練りました。それが5でした。

5の企画《きかく》を出したとき、みんなが不安になりました。スニーカー的でなく、スニーカーの読者が好む話とは違《ちが》うように思われたからです。実際、読み終わった読者が、怒《おこ》ってこの本を壁《かべ》に投げつけないかと今でも心配です。「バカにしてんのか」とか言いながら醤油《しょうゆ》を本にかけてしまうのではないかと不安です。

それでもスニーカーでこれをやりたかったのは、羽住都《はすみみやこ》先生の描く「花」のイラストが見たかったという、ただそれだけでした。

また、この話ほど担当編集者の青山《あおやま》さんの意見が重要となったものはありません。感謝しても、したりないほどです。

ともかく、様々な人に迷惑《めいわく》をかけながら、この本が出版されることになりました。

小説で賞をもらって、きっと1、2年で自分など消えてしまうのだろうと思っていました。それが、いまだにこうやって本を出せているから不思議です。

大学を卒業した僕《ぼく》は、大学院に進学するわけでも、どこかへ就職するわけでもなく、だらだらしながら日々を送っています。時折、唐突《とうとつ》に強力粉を発酵《はっこう》させてパンを作ったり、トランプを知人たちと7時間ほど続けたりしています。ネタではなく、実話なので手におえません。

結局のところ分類としては専業小説家ということになるのですが、これは別に文章のみで生活できるという確信があったからそうなったというわけではありません。ただ、まともに生活できなくてもいいや、という社会に対するいじけた心情があっただけでした。

そしてこういう自分の本が出るたびに、野垂れ死ぬのが先にのびたかも、と思うのです。

最後になりましたが、この本に携《たずさ》わったすべての人に感謝を申し上げます。担当編集者の青山さん、挿絵《さしえ》を描いてくださった羽住先生、おつかれさまでした。……本当はこの後にずらずらと名前を続けるはずでしたが、咄嗟《とっさ》に名前が思い浮《う》かぶのはこの二方だけでした。

偉《えら》そうなことをしているわりに、僕は本を作るためにどれほど多くの人間の苦労があるのかを理解していないようです。おそらくこの本を作るために、涙《なみだ》を流したり、母親の死に立ち会えなかったり、命を落とした方がいらっしゃるはずです。

ともかく、この本を手に取ってくださった読者の方を含《ふく》め、みなさんありがとうございました。

今後も、時々思い出したように「ザ・スニーカー」に書くことがあるかと思いますので、あまり期待せずに待っていて下さい。

２００１年４月26日

乙　一

●乙一著作リスト

『夏と花火と私の死体』	集英社ジャンプ ジェイ ブックス	１９９６年10月刊
『天帝妖狐』	集英社ジャンプ ジェイ ブックス	１９９８年４月刊
『夏と花火と私の死体』	集英社文庫	２０００年５月刊
『石ノ目』	集英社	２０００年７月刊
『失踪ＨＯＬＩＤＡＹ』	角川スニーカー文庫	２００１年１月刊
『きみにしか聞こえない―CALLING YOU―』	角川スニーカー文庫	２００１年６月刊

《初出一覧》

「Calling You」……………「ザ・スニーカー」2000年4月号掲載
「傷―KIZ／KIDS―」……「ザ・スニーカー」2000年10月号掲載
「華歌」………………………書き下ろし

きみにしか聞《き》こえない
―CALLING YOU―

乙《おつ》一《いち》

角川文庫　11991

平成十三年六月一日　初版発行
平成十九年七月十日　二十六版発行

発行者―井上伸一郎
発行所―株式会社角川書店
東京都千代田区富士見二―十三―三
電話・編集　(〇三)三二三八―八六九四
〒一〇二―八〇七八
発売元―株式会社角川グループパブリッシング
東京都千代田区富士見二―十三―三
電話・営業　(〇三)三二三八―八五二一
〒一〇二―八一七七
http://www.kadokawa.co.jp
印刷所―暁印刷　製本所―本間製本
装幀者―杉浦康平

定価はカバーに明記してあります。

S 134-2　ISBN4-04-425302-1　C0193

角川文庫発刊に際して

角川源義

第二次世界大戦の敗北は、軍事力の敗北であった以上に、私たちの若い文化力の敗退であった。私たちの文化が戦争に対して如何に無力であり、単なるあだ花に過ぎなかったかを、私たちは身を以て体験し痛感した。西洋近代文化の摂取にとって、明治以後八十年の歳月は決して短かすぎたとは言えない。にもかかわらず、近代文化の伝統を確立し、自由な批判と柔軟な良識に富む文化層として自らを形成することに私たちは失敗して来た。そしてこれは、各層への文化の普及滲透を任務とする出版人の責任でもあった。

一九四五年以来、私たちは再び振出しに戻り、第一歩から踏み出すことを余儀なくされた。これは大きな不幸ではあるが、反面、これまでの混沌・未熟・歪曲の中にあった我が国の文化に秩序と確たる基礎を齎らすためには絶好の機会でもある。角川書店は、このような祖国の文化的危機にあたり、微力をも顧みず再建の礎石たるべき抱負と決意とをもって出発したが、ここに創立以来の念願を果すべく角川文庫を発刊する。これまで刊行されたあらゆる全集叢書文庫類の長所と短所とを検討し、古今東西の不朽の典籍を、良心的編集のもとに、廉価に、そして書架にふさわしい美本として、多くのひとびとに提供しようとする。しかし私たちは徒らに百科全書的な知識のジレッタントを作ることを目的とせず、あくまで祖国の文化に秩序と再建への道を示し、この文庫を角川書店の栄ある事業として、今後永久に継続発展せしめ、学芸と教養との殿堂として大成せんことを期したい。多くの読書子の愛情ある忠言と支持とによって、この希望と抱負とを完遂せしめられんことを願う。

一九四九年五月三日

〈ファンレターのあて先〉
〒102-8078 東京都千代田区富士見2-13-3
角川書店 スニーカー編集部気付
「乙 一先生」係